Edinburgh: Picturesque Notes

爱丁堡笔记

[英]罗伯特·路易斯·史蒂文森/著

张寅/译

中国青年出版社

（京）新登字083号

图书在版编目（CIP）数据
爱丁堡笔记／［英］史蒂文森著；张寅译. —北京：中国青年出版社，2015.3
（作家与城）
ISBN978-7-5153-3091-4

Ⅰ.①爱… Ⅱ.①史…②张… Ⅲ.①散文集—英国—近代
Ⅳ.①I561.64

中国版本图书馆CIP数据核字（2015）第005719号

责任编辑：李　茹　liruice@163.com
特约编辑：王瑜玲　徐　心　郭　欣
装帧设计：瞿中华
封面插图：李清睿

出版发行：中国青年出版社
社址：北京东四十二条21号
邮政编码：100708
网址：www.cyp.com.cn
编辑部电话：（010）57350508
门市部电话：（010）57350370
印刷：北京科信印刷有限公司
经销：新华书店
开本：787 × 1092　1/32
印张：4.5
字数：65千字
版次：2015年3月北京第1版
印次：2015年3月北京第1次印刷
定价：24.00元

本图书如有印装质量问题，请凭购书发票与质检部联系调换
联系电话：（010）57350337

目录

缘起·代序

“作家与城”系列是一套奇妙的作品。

之所以说是“奇妙”，一是缘于成书的方式——图书的引进、实现者就是它的读者，这些古老的经典，借由互联网的思维方式在当下呈现。

书的选题全部来源于中国最大的译者社区——“译言网”用户自主地发现与推荐，是想把它们引进中文世界的读者们认定了选题，而这些书曾影响了那个时代，这些书的作者成就了作品，也成了大师。

每本书的译者，在图书协作翻译平台上，从世界各地聚拢在以书为单位的项目组中。这些天涯海角、素昧平生，拥有着各种专业背景和外语能力的合作伙伴在网络世界中因共同的兴趣、共有的语言能力和相互认同的语言风格而交集。

书中的插图是每本书的项目负责人和自己的组员们，依据对内容的理解、领悟寻找发掘而来。

每位参与者的感悟与思索除了在译文内容中展现，还写进了序言之中，将最本初的想法、愿望、心路历程直接分享给读者。因此，序也是图书不可分割的内容，是阅读的延伸……

所以，这套书是由你们——读者创造出来的。

二是缘于时间与空间的奇妙结合——古与今、传统与现代在这里形成了穿越时空的遇见。

百多年前的大师们，用自己的笔和语言，英语、法语、德语、日语……来描摹那时的城市，在贴近与游离中抒发着他们与一座城的情怀。而今天的译者们，他们或是行走在繁华的曼哈顿街头，在MET和MOMA的展馆里消磨掉大部分时间；或是驻足在桃花纷飞的爱丁堡，写下“生命厚重的根基不该因流动而弱化”这样的译者序言；

又或者流连在东京的街头，找寻着作为插图的老东京明信片……他们与大师们可能走在同一座城的同一条路上，感觉着时空的变幻，文明的演化，用现代的语言演绎着过去，用当代的目光考量着曾经的过往。

然后，这些成果汇集在了“译言·古登堡项目”中，将被一个聚合了传统与现代的团队来呈现。这里有——电脑前运行着一个拥有着400多位图书项目负责人、1500多名稳定译者，平台上同时并行着300多个图书项目的译言图书社区小伙伴们；有对图书质量精益求精的中青社图书编辑；有一位坚持必须把整本的书稿看完才构思下笔的设计师……一张又一张的时间表，一个又一个的构思设想，一次又一次的讨论会……

就这样，那些蜚声文坛的大师们、那些他们笔下耳熟能详的城市带着历史的气息，借由互联网的方式进入了中文世界，得以与今天翻开这本书的你遇见……

好的书籍是对人类文化的礼赞，是对创作者的致敬。15世纪中叶，一个名叫约翰内斯·古登堡的德国银匠发明了一种金属活字印刷方法。从此，书籍走出了象牙塔，人类进入了一个信息迅速、廉价传播的时代，知识得以传播，民智得以开启，现代工业文明由此萌发。

今天，互联网的伟大在于它打破了之前封闭的传承模式，摒弃了不必要的中间环节。人的一生何其短暂，人类文明的积淀浩如烟海，穷其一生的寻寻觅觅都不可能窥探其一二。而互联网给人们、给各个领域以直面的机会，每个人都可以参与，每个人都有机会做到。人类文明的积淀得以被唤醒、被发现，得以用更快、更高效的方式在世界范围内传播。

“让经典在中文世界重生”——“译言·古登堡项目”的灵感是对打开文明传播之门的约翰内斯·古登堡的致敬。这个项目的创造力，来自于社区，来自于协作，来自于那些秉承参与和分享理念的用户，来自于新兴的互联网思维与历史源远流长的出版社结合在一起的优秀团队。

从策划到出版是“发现之旅”——发现中文世界之外的经典，发现我们自身；是“再现之旅”——让经典在中文世界重生。这套作品的出版是对所有为之付出智慧、才华、心血的人们的礼赞。

这是多么奇妙的事情，多么有意思的事业。

我的朋友，当你打开这本书的时候也是开启了一段缘。我们遇见了最好的彼此。也许，你就是我们下一本书的发现者、组织者或是翻译者……

所以，这就让这段“缘起”代序吧。

作者小传

提到本书作者，人们一定会想到他的经典作品《金银岛》《化身博士》和《绑架》。然而，作为19世纪后半叶新浪漫主义文学的代表之一，史蒂文森除了小说上的成就，其隽美的散文风格也在这本小书里得到了淋漓尽致的展现。

罗伯特·路易斯·史蒂文森（Robert Louis Stevenson，1850—1894），生于苏格兰爱丁堡一个工程师家庭，是家中独子。祖父罗伯特、父亲托马斯和两个叔叔都是苏格兰颇有声望的灯塔工程师，在苏格兰建造了许多著名灯塔。母亲玛格丽特出身爱丁堡近郊柯林顿的一个牧师家庭，父女俩都患有肺部疾病。史蒂文森也遗传了这一点，自幼体弱，经常咳嗽发烧。6岁时，史蒂文森上小学，因长相奇特，性格古怪而很难与小伙伴融洽相处，但到了暑假，在柯林顿的外祖父家，他和表兄弟们总是打成一片。他常常因病退学，只好长期跟着家庭教师学习。夏天是童年史蒂文森最喜爱的季节。温暖的气候里，他可以到户外玩耍。但一到冬天，病情便会再度恶化，反复发作的病痛使他在成年后依然十分瘦削。关于这段病榻之上的童年生活，史蒂文森后来写道：

我病了，只好躺在床上，
垫两个枕头在脑袋底下，
一件件玩具都在我身旁，
叫我整天都快活，乐哈哈。

有时候，用一个钟头光景
我瞧着铅制的兵丁行军，
他们穿着不同的军服，

操练在被褥铺成的山林。

有时候，我让我的舰队
在床单的海洋上破浪行驶，
要不，把树木和房屋搬开，
在床上筑起一座座城市。

我是个伟大的严肃的巨灵，
在枕头叠成的山上坐镇，
凝视着面前的山谷和平原，
做有趣的被子大地的主人。

（屠岸译）

为照顾体弱多病的小史蒂文森，家中请了名保姆——艾莉森·卡宁汉姆，史蒂文森称呼她为卡米。卡米是个虔诚的加尔文宗信徒，经常给他讲苏格兰盟约派的故事，或是在病床前给他读《圣经》和班扬的《天路历程》。这或许成为后来史蒂文森作品中的宗教情结和历险及恐怖元素的源泉。年龄稍长，史蒂文森的阅读兴趣愈加浓烈。司各特的威弗利小说、莎士比亚的戏剧、大仲马的传奇故事、彭斯的诗歌，以及《天方夜谭》成了他的最爱。史蒂文森背诵能力很强，七八岁就能给母亲和保姆讲故事了。渐渐地史蒂文森开始自己写故事，父亲刚开始很支持，史蒂文森16岁那年，他出钱为儿子出版了第一部作品，讲述的是盟约派起义的故事。

17岁那年，父亲为让史蒂文森继承家族事业，将他送入爱丁堡大学学习土木工程专业。一开始他就对就读的专业毫无兴致，一门心思只想着逃课。大二那年，史蒂文森随父亲去了安斯特鲁瑟和维科视察家族建造的灯塔，后来又去了奥克尼和设得兰群岛，1870年则在厄雷德岛待了三周。旅途为他提供了新鲜丰富的写作素材，他对那些工程建筑却毫无兴致。因为类似的旅行曾激发沃尔特·司各特于1822年写出了小说《海盗》，史蒂文森对这样的旅途倒也充满期待。1871年4月，史蒂文森将自己打算从事文学创作的决定告知父亲。尽管失望，父亲也并没有太吃惊，而母亲对儿子的选择则“十分支持”。家人提出了一个折中的建议，希望史蒂文森改学法律。这一时期，他在思辨学社结识了一群志同道合的朋友，特别是后来成为他经纪人的查尔斯·贝克斯特，还有弗里明·詹金教授——他经常在家中组织学生戏剧演出，史蒂文森也曾加入其中，后来还为这位教授写了传记。尽管史蒂文森顺利通过了所有法律课程，并在毕业后加入苏格兰律师协会，但文学才是史蒂文森的心之所向。尤其是他的堂兄，罗伯特·艾伦·莫布雷·史蒂文森（即鲍勃）对他产生了很大影响，性格活泼的鲍勃没有继承家族事业，而是选择了艺术。

于是史蒂文森愈加坚定了自己的文学梦。他开始大量阅读不同作家、不同体裁的作品，从济慈、哈兹里特、华兹华斯、蒙口、霍桑的文字间汲取营养，并在爱丁堡大学的校刊上发表了不少戏剧、诗歌和随笔。然而不久后，他被查出肺结核，医生建议他移居南方过冬，他的文学活动也因此被迫暂停。这期间，史蒂文森去了伦敦和巴黎，在爱丁堡和这两座城之间往返。《爱丁堡笔记》很可能就是在这一时期陆续完成的。1876年，复发的病痛成为26岁史蒂文森的人生转机，他放弃律师工作，到欧洲大陆旅行休养，从而也有了更充裕的时间和素材从事写作。旅途中，他习惯随身带着一本书和一本笔记本，走路时就用笔记本把沿途风光及心中灵感记录下来，途中休息的时候就打开书本尽情阅读。9月，他和朋友沃尔特·辛普森爵士一块儿乘小艇，从比利时安特卫普出发，穿越国境进入法国北部，沿塞纳河南下到达巴黎附近。史蒂文森据此写下了《内河航行记》。这一年，史蒂文森遇到了奥斯本夫人（芬妮·范·德格里夫特）。芬妮因婚姻破裂带着孩子从美国旧金山到欧洲旅行。两人一见钟情，然而几个月后，芬妮返回了美国。1878年，史蒂文森来到法国南部的塞文山区旅行，将每天的经历和见闻记下，后来根据笔记整理成为《骑驴旅行记》出版。1879年，史蒂文森得知芬妮生病的消息后决定前往加利福尼亚。他首先搭乘轮船到达纽约，又从纽约搭乘火车横越美国抵达加利福尼亚。这段旅程在《业余移民》与《横渡平原》中均有记述。艰苦的旅行加重了他的病情，而芬妮也与丈夫办理了离婚，并于1880年5月与史蒂文森结婚。他们前往旧金山圣海伦山度蜜月，住在一所废弃的矿区住房里，妻子悉心地照料着患病的丈夫。这段生活记录在了《希尔弗拉多的蜗居者》中。

1880年8月，史蒂文森偕家人从纽约回到爱丁堡看望他的父亲。此后直到1887年5月父亲去世前，他和家人一直辗转英伦和欧洲大陆多地，寻找适于休养身体的地方居住。这一时期也成为史蒂文森创作的黄金时期，小说《金银岛》《化身博士》《绑架》，诗集《儿童诗园》和《林间》相继问世，为他赢得了公众的赞誉，一时间声名鹊起。事实上，史蒂文森这一时期的创作一直伴随着病痛的折磨，但作品中却充满了冒险、活力与生机。1887年，史蒂文森偕母亲和妻子再次渡过大西洋，于9月抵达纽约。美国的编辑们纷纷前来约稿，一时间众星拱月，与上一次在美国的境遇相比，这倒让人有些受宠若惊。《巴伦特雷的少爷》尚未完成，他便计划在夏季前往南太平洋。1888年6月，史蒂文森偕母亲、妻子和继子乘“卡斯科”号快艇从旧金山出发，途经了大大小小的太平洋岛屿后，在夏威夷群岛暂居了一段时间，并在这里完成了《巴伦特雷的少爷》。之后，他最终选择了萨摩亚群岛作为定居地，在阿皮亚山上购买荒地修建住宅。值得一提的是，此间史蒂文森曾两次计划返回苏格兰，但都未能成行。他在这里与当地居民和睦相处，并继续文学创作。1894年12月3日晚，史蒂文森在写作《赫米斯顿的韦尔》时突发中风，几小时后去世，终年44岁。当地人用肩膀将这位“图西塔拉”（意为“写故事的人”）扛上瓦埃亚山顶，安葬在面朝大海的山脊上。

史蒂文森在世时即是一位拥有众多读者的知名作家，而今天，他也是著作被翻译次数最多的作家之一。根据联合国教科文组织最新发布的《翻译索引》（Index Translationum），他排名第26位。但第一次世界大战之后，现代主义文学崛起时，其作品曾被归为儿童文学和恐怖小说的类型。作家本人也遭到一些人的批评，其中以弗吉尼亚·伍尔芙和她的丈夫里奥纳德·伍尔夫为代表。因此，史蒂文森逐渐被排除在学校教授的文学经典之外。1973年，厚达2000页的《牛津英文文学选》完全忽略了史蒂文森，而《诺顿英国文学选》从1968年到2000年对史蒂文森也只字未提，只有2006年的第8版才将他包括在内。到

20世纪晚期，史蒂文森开始被重新评价成一位拥有过人洞察力的艺术家、文学理论家、随笔作家与社会评论家，也被认为是南太平洋殖民历史的见证者和人类学家。纵观史蒂文森44年的人生，病魔没能夺走他对海阔天空的向往与激情，那些充满冒险精神和生命力的传奇故事会一直陪着他的读者，流传下去。

史蒂文森主要作品年表：

— An Inland Voyage《内陆航行记》（1878）
— Edinburgh: Picturesque Notes《爱丁堡笔记》（1879）
— Travels with a Donkey in the C é vennes《骑驴旅行记》（1879）
— New Arabian Nights《新天方夜谭》（1882）
— The Silverado Squatters《希尔弗拉多的蜗居者》（1883）
— Treasure Island《金银岛》（1883）
— The Black Arrow: A Tale of the Two Roses《黑箭》（1883）
— A Child's Garden of Verses《儿童诗园》（1885）
— Strange Case of Dr. Jekyll and Mr. Hyde《化身博士》（1886）
— Kidnapped《绑架》（1886）
— Underwoods《林间》（1887）
— The Merry Men and Other Tales and Fables《快乐的男人们及其他故事》（1887）
— The Master of Ballantrae《巴伦特雷的少爷》（1889）
— Across the Plains《横渡平原》（1892）
— Catriona《卡特丽娜》（1893）
— Island Nights' Entertainments / South Sea Tales《海岛之夜娱乐记》（1893）
— The Amateur Emigrant《业余移民》（1895）
— Weir of Hermiston《赫米斯顿的韦尔》（1896，未完成）

概览

名闻遐迩的北国古都，巍踞众山之峦，俯视着劲风吹拂的入海口。这里是王国之都的首善之区，是壮丽景致的首选之地。站在峭壁高处，从山顶花园眺望，远方的大海和广袤原野尽收眼底。日落时分，东方五月灯塔发出的微光影影绰绰，福斯湾由此延入日耳曼海[※1]。向西遥望，越过斯特灵平原，便可见莱迪峰上的初雪。

然而爱丁堡也为她的高高在上偿付着代价——世上最恶

※1 也称北海（North Sea），位于大不列颠岛以东，斯堪的那维亚半岛西南及欧洲大陆以北。（译注）

劣的气候。她时常遭受风摧雨渍之苦，或湮没在来自东边海上的雾霭中，或蒙翳在高地山区向南飘洒的雪霰里。这里冬季天气湿冷、寒风凛冽，夏天诡谲多变、酷热难耐，而到了春天，简直就是人间地狱。身体孱弱之人，在凄风苦雨的剥蚀中往往早逝，我这样的幸存者有时却忍不住嫉妒他们的命运。热爱阳光普照与恩泽的人们，厌倦如此晦暗的天气，厌倦长年累月前倾着身体迎击暴风雪的生活。对他们而言，几乎再难找到如此不近人情、水深火热的居住地了。其中许多人愤懑地渴盼着想象中的“另辟之地”，希望一切烦恼都能随之结束。他们倚在联结新城与老城的大桥上——那疾风最为肆虐之所、北方风神之庙的圣坛——看着火车冒着浓烟从桥下出现，又消失在通往明媚旅途的隧道里。乘客们掸去身上的浮尘，最后一次倾听东风在爱丁堡的屋脊上、烟囱间呼啸穿行，心情多么欢畅！然而这里却在人们心中留下了难以磨灭的印记。无论他们去哪儿，都无法找到这样独一无二的城市；无论他们去哪儿，都带着对故乡的自豪。

人们常说威尼斯带给人们与众不同的感受。其他城市或许不乏追捧者，而唯独她，美得夺目、声名远播，吸引着爱慕者接踵而来。事实上，即便是最善睐她的朋友，对爱丁堡这座城市，也有着不可同日而语的情愫。人们爱她有多种理由，却无一真正令人满意。他们的爱奇诡古怪，如同演奏家溺爱着自己的乐器箱。她是如此浪漫，直指浪漫最本质的词义。她虽美丽，更趣意盎然。自她以希腊风卓然自处，在峭壁之上建起典雅的庙宇以来，哥特式风格便成了爱丁堡最显著的特征。简言之，她是一枝奇葩。在爱丁堡的成长历程中荷里路德宫※1往往被人们所忽视，它静默地矗立在工人住宅区、啤酒厂以及煤气厂的包围中，看上去了无生气。它承载着无数记忆。昔日大人物、国王和女王、滑稽的小丑与严肃的外国使臣，数百年来在此上演着一幕幕堂皇的闹剧——战争的阴谋、迟至深夜的舞会，以至于房间中的血案。查理王子※2曾在此秘密召见自

※1 坐落在皇家英里大道东端，与爱丁堡城堡遥相呼应。宫殿为詹姆斯四世（James IV，1473—1513）于1498年始建，现在是英国女王在苏格兰的行宫。一译“圣十字架宫”。（译注）

※2 查尔斯·爱德华·斯图亚特（Charles Edward Stuart，1720—1788），又称小王子查理或小王位觊觎者，其祖父为光荣革命中被废黜的英格兰国王詹姆斯二世及苏格兰国王詹姆斯七世（James II and VII，1633—1701）。（译注）

己的党羽，以英勇果敢的姿态代理了一个短命的王朝。如今，这历历桩桩早已化为历史的尘埃，对乌合之众而言，王冠也只不过值六便士而已，然而这幢石制宫殿可远不止这些钱。一年中整整三百五十天，它仅作为旧家具博物馆供游客参观，而接下来的一周，你会看到王宫被再次唤醒，模拟着自己的过往。王室专员——台上的统治者坐在群臣中间。六马并驾齐驱，护卫嘈嘈切切，在大门前穿梭往返。入夜，灯光点亮了窗户，周围的邻居——工人们，随着宫殿里的乐曲在家手舞足蹈。这是一道独特的风景。古老的火山不时地冒起烟尘，余烬中闪烁着火光。如今爱丁堡已退居二线，却依然尴尬地披着大城市的面纱。整座城市过着双重生活，一半是首都一半是村镇，一半恍惚迷离一半辉光烁亮，就像《布莱克群岛的年轻国王》※1中所描绘的那样，一半是生机与活力，一半是冰冷的大理石。高处的堡垒中，满是武装人员和大炮，你会看到接受检阅

※1　美国插画家及版画家麦克斯菲尔德·派黎思（Maxfield Parrish，1870—1966）创作的一幅油画。（译注）

的部队在那儿集结。到了冬季，黄昏总提前到来，黎明亦姗姗来迟，从夜晚至凌晨，寒风裹挟着鼓角声声传遍整个爱丁堡。法官们头戴假发，表情严肃地坐在当年筹议帝国事务的地方。在高街附近，也许还能听到小号在正午时分响起。一行人穿着花哨的服饰把自己乔装改扮一番，上着无袖短外套，下穿淡紫色混纺裤，穿过漠然的旁观者，在泥地里前行。马夫们（来自行头齐备的马戏团）风度翩翩地走在大街上。这儿还有苏格兰的纹章传令官们※1，对着一群小男孩、马车夫和小偷，正准备宣布一项联合王国的新法令。在此期间，每隔一小时大学的钟声便会在喧嚣的街道上空回响，每隔一小时便会有一拨往来的人潮，挤满校园里深长的拱廊。在某个深夜——确切地说是清晨破晓时分——晚归的人会听到老街一侧的教堂里众人在合唱圣歌。片刻之后，或许是片刻之前，又会听到对面另一座教堂里众人在合唱圣歌。歌词里一定有“黑门的甘露”以及

※1 为君主或贵族向公众传递战争消息、宣告战争或宣告骑士比武活动的官员。制服上通常绘有君主或主人的纹章，英国皇家传令官至今仍穿着这样的传统制服。（译注）

“看哪，弟兄和睦同居，是何等的善，何等的美”。※1晚归的人们知道，这歌声标志着一年一度的两次教会会议已落下帷幕——这类会议的参加者都是德高望重的修士，而在如此特殊的宽松宁静中生活的他们，并不像纯粹的修士。

善思之人还会发现，这座城的面貌与它光怪陆离的历史协调地融为一体，因而充满魅力。再没有哪座城市能让人体验到如此强烈的视觉反差。城市的正中央耸立着一座岩壁，堪称大自然的完美造化——巴斯岩伫立于大地，扎根在火车穿行时震颤的花园中，它承托着宛如王冠的城垛与塔楼，森然的身影俯摄着新城区热闹而明亮的街道。寻常百姓从自家十层楼高、似吐烟的蜂巢般的住处，俯视着富人区开阔的街心广场和花园，欢快的人群沐浴在王子街的阳光里。街上商店云集，如遇重大庆典，沿途一英里彩旗招展，一直穿过雕塑林立的花园谷。在老城区的高处，窗边晾晒的衣物在微风中轻轻飘动。环顾四周，会发

※1 出自《诗篇》第133章《大卫上行之诗》（中文和合本）。（译注）

现这里的建筑多么格格不入！在这山谷中，人们一副风尘仆仆的模样，参差错落地行走在这高低错落的街道上，几乎全世界所有风格的建筑都能在这里见到。埃及希腊式神庙、威尼斯风格的宫殿，以及哥特式尖顶重楼叠阙，风格迥异，令人叹为观止，尤其是恢宏的古堡巨石与亚瑟王宝座泰然自若地俯览着这些仿制品，如同大自然的作品临视着人工造就的纪念碑。只是大自然更像是一位超乎我们想象的公平守护者，对任何浓墨重彩都一视同仁。鸟儿或在科林斯柱头间休憩，或栖息在巉岩绝壁的罅隙里，怡然自得。无论是不朽的岩石还是昨日刚刚仿制的柱廊，都笼罩在同样的气息和天光里。在北方柔和阳光的耀晔下，一切都变成了这道绚丽独特的景观——东边的雾霭氤氲在黄昏时蓝色的天空中，所有的不伦不类都融为一体；街边华灯初上，而山谷那边高高的窗轩里，阑珊的灯火也依稀可见。此时你会油然生出这样的感受：这同样是与大自然最亲密无间的一部分，这些奇谲变幻的景象、凝注于砖石与天然岩石之中的梦境，不是剧场里的帷幕，正是它们构成了这座真实世界中的城市。铁路和通信线路将它与欧洲各国联系在一起，人们生活在这里，做着熟悉的事情——记账，去教堂做礼拜，保持着每天诵读《圣经》的习惯。在所有经典传奇文学中，爱丁堡都被刻画成这样一幅景象：人气渐衰，日益凋敝；天空中群鸟纷飞，一阵风云一阵晴，几个吉卜赛人在大街上安营扎寨；然而她的市民们，有的乘计程车，有的坐有轨机车或火车，有的则步履匆匆，完全不在一个调上。拥有特权的游客们[※1]随心所欲地享用着这座历史名城，在这儿抚育着他们的孩子，却对这如画的景致漠然置之。看到这些衣着整洁、品行端正的人蜂拥而过时，似乎还能嗅到一丝近乎荒唐的占有欲，而这一幕在这里已是司空见惯了。[※2]

※1　指爱丁堡的居民。（译注）

※2　据说这段话冒犯了我的家乡同胞，同时让我们的竞争对手格拉斯哥人有些幸灾乐祸。我得说这个消息让我哭笑不得。在此我想安慰一下那些受伤的老乡们，我的责备并无恶意。记账这件事儿也没什么大不了的：这是一种良好的理财习惯。我也从没听人说去教堂做礼拜该受到指责；穿着体面是富足的表现，而心中充满道德感则是高品质生活的标志。城市管理者向居民提出些愈加不切实际的要求也并非市民的错。即便某人拥有皮博迪的美德与边沁的天才，他要是穿一身长大衣站在阿尔卑斯山或金字塔顶也会显得不伦不类。就让他们自我安慰一下吧——别人也都是这样的；在同类传奇文学作品中，人口数量（比如）在芝加哥也会大量锐减。对格拉斯哥人，我只有一句话要说，这可是金玉良言：我还没写过一本有关格拉斯哥的书呢。

这座城的故事，与它的面貌一样离奇。数百年来，它是一座长满石楠的都城。在英格兰人入侵的黑暗岁月里，熊熊的火焰不止一次映红了天空，成为海上船舶的灯塔。这里是争强好胜的贵族们的竞技场，不仅在翠岭※1或国王马厩※2附近——在王室成员的见证下，伴随着号角声，选手按规定赛程进行骑马比武的角逐，而且只要有足够的交锋空间，每一条巷弄都是战场。主街道上，性格乖张的族人与家仆竞相吵嚷着，与蓝毯旗帜※3下人群的骚乱夹杂在一起。那头的宫殿里，约翰·诺克斯※4曾以现代民主的口吻指责他的女王。城里的小商铺粉刷得像一个个燕巢，嵌在古老天主教堂的扶墙间。在其中一家小店内，我们熟悉

※1 卡尔顿山西麓的一条深谷，与爱丁堡新城相邻。（译注）

※2 地处城堡山脚西南侧。（译注）

※3 绘有白色圣安德鲁十字的蓝底旗帜，由詹姆斯三世（James III，1452—1488）授予爱丁堡商会会长（Deacon Convener of the Trades of Edinburg）。只要在公共场所展开旗帜，所有苏格兰工匠都将团结在召集人身边支持国王或王后。1482年，詹姆斯三世被国内叛乱的贵族囚禁于爱丁堡城堡长达九个月，据说在玛格丽特王后（Margaret of Denmark，1456—1486）斡旋无果后，爱丁堡的工匠和手工业者在这面蓝毯旗帜的召集下，袭击了城堡并救出国王。（译注）

※4 约翰·诺克斯（John Knox，1514—1572），苏格兰宗教改革领袖，领导创立了加尔文宗的长老会。（译注）

的独裁者詹姆斯六世※1，正与金匠乔治·赫里奥特※2一同欢饮。彭特兰丘陵静静地俯视着城堡，整座城市伏卧在海浪的包围中。那些疯狂而阴郁的狂热分子和甜美的歌者，由于长久暴露于漠泽环境而面容枯槁，他们夜以继日地坐在那儿唱着“悲伤的赞美诗”，一边看着爱丁堡就像是另一座索多玛或蛾摩拉城※3，被天堂之火吞噬。格拉斯广场上，倔强倨傲的英雄们※4信誓旦旦，他们牺牲了自己的生命，虽鲜有必要，却无上光荣。他们悲壮地同日月星辰告别，同世间的友谊告别，在隆隆鼓声中默默地死去。远处

※1　詹姆斯六世（James VI，1566—1625），苏格兰国王，同时也是英格兰及爱尔兰国王，称詹姆斯一世（James I）。他是苏格兰女王玛丽·斯图亚特（Mary Stuart，1542—1587）唯一的儿子。（译注）

※2　乔治·赫里奥特（George Heriot，1563—1624），爱丁堡著名的金匠和慈善家。（译注）

※3　均为古代巴勒斯坦城市。索多玛（Sodom）大约位于死海以南，在《旧约》中因其居民的邪恶和堕落被毁；蛾摩拉（Gomorrah）位于索多玛附近，现在可能位于死海以下，据《旧约》记载，这座城市因其居民罪恶深重而毁于一场大火。（译注）

※4　17世纪苏格兰长老会中的一派，多次立约以维护长老会的教会行政体制和礼拜仪式。1638年订立《民族盟约》（*the National Covenant*），废除主教制；1643年与英格兰签订《神圣盟约》(*the Solemn League and Covenant*)，沿长老会路线改革圣公会；1660年英格兰王政复辟，盟约派遭受残酷迫害，苏格兰恢复主教制；1688年爆发光荣革命，苏格兰教会恢复长老制行政。另译“誓约派”或“圣约派”。（译注）

的山口，克拉弗豪斯的格雷厄姆[※1]和他的三十名龙骑兵跨马驰骋，而在他们身后，整座城池桴鼓相应——那是鲜有的、为生命扬旌征驾的一群人，而冲在最前头的那一个，或将怀着迥异的心情归来，或冲锋陷阵，让整个苏格兰为之震动，或在战斗最酣之时欣然倒下。在这里，仅仅因为一丝幼稚的怀疑，艾肯海德[※2]即被绞死。几年之后，泰然自若的大卫·休谟[※3]，一位有口皆碑的好公民，毁掉了哲学和信仰。又过去了几年，彭斯[※4]从田间地头走进了贵族学院，却发现这里的信仰和文学充满了虚伪与矫饰。在这里，人们穿越山谷向外迁徙，新城即开始向周围扩张，形

※1 约翰·格雷厄姆（John Graham of Claverhouse，1649—1689），又称第一邓迪子爵（1st Viscount Dundee），1678年任苏格兰龙骑兵上尉，1689年7月27日在基里克兰基之战中中弹身亡。（译注）

※2 托马斯·艾肯海德（Thomas Aikenhead，1676—1697），爱丁堡的一名学生，因评论基督教是“胡说八道”而被教会起诉，并于1697年1月8日被处以绞刑，他也成为英国历史上最后一位因“亵渎”罪名而被处决的人。（译注）

※3 大卫·休谟（David Hume，1711—1776），苏格兰经验主义哲学家及历史学家，苏格兰启蒙运动的代表人物。（译注）

※4 罗伯特·彭斯（Robert Burns，1759—1796），苏格兰诗人，浪漫主义运动先驱。其作品受苏格兰民歌及方言语体影响颇深，在民间广为流传，被认为是苏格兰的民族诗人。（译注）

成一个四面通透的区域，漫长空旷的城市边缘一直延绵爬升至对面的山坡上。这样全城范围的举家迁徙和人口变动，在城市史上前所未有：鞋匠与伯爵比邻而居，乞丐在法官家的烟囱旁安居，曾经的宫殿成了贫民避难所，深宅大院则分给了白屋寒门之人，对他们而言，昔日房主人家宽大的炉底室足够隔成一间卧室了。

爱丁堡全景

从格拉斯广场看到的爱丁堡

亚瑟王宝座与荷里路德宫

王子街上的司各特纪念塔

老城区
——公寓印象

人们都说老城区是爱丁堡最具特色之处，它别致的地形宛若整座城市的一只羽翼。人们惯于过度褒誉某个细节，反而否定了整体，这是最庸常的贬抑方式之一。因为对于一切值得鉴赏的对象，无论一个人、一件艺术品，抑或一座精美之城，都必须通观全局，根据其品质去明辨优劣。老城区昂然高居于山顶，在周边新建住宅区的簇拥与拱卫下，美轮美奂。若将它单独置于别处，一定像极了斯特灵，却更加高峻而醒目。重要的是，这一华丽版的斯特灵恰是坐落在一个充满活力与奇幻、宽敞开阔的现代都市中央，二者互为瑾瑜，相得益彰。

海水沉降所产生的沉积物在尾端形成一个山坡，老城就坐落于此，由延绵向西的城堡峭壁屏护着。新城则位于南北两面地势较为低洼、宽阔平缓的丘陵地带。城堡因此居高临下，视野开阔，人们可以俯瞰整座城市，眺望远处的大海和陆地。从城堡四周瞭望可及数英里远，而人们从远处的甲板上，或在法夫宁静的田野里耕作时，都能看见城垛上的旗帜，以及老城区的袅袅烟霭萦绕在田野上空。这是一座建在山丘上的城市。我想正是由于它遥遥在望、烟雾缭绕，人们才将它戏称为“老烟熏”[※1]。也许这么叫它的人们也从未踏足其间：日复一日，田夫野叟就这样望着山巅高踞的建筑，望着平阔田园上空的缕缕长烟。这即是他们所见，这即是在同一片土地上耕作的他们的父辈所见，这即是他们对这座城所知的一切，而这三个字便是对此最好的诠释。

没错，即便身临其境，老城也是一副烟熏雾罩的模样。尽管它一年到头都有雨水涤濯，但在新城区的映衬下

※1　原文为苏格兰方言*Auld Reekie*，爱丁堡的别称。（译注）

依旧显得幽森淤黑。城墙护卫下的老城处于岌嶷之境，因此依照法规它无法向四周拓展，只能如此密密匝匝，层叠高筑。只要有空地，公共建筑就朝着大路中间涌去，大路因而变成了小巷。房屋层台累榭，各家各户比肩攀跻，人们如同躺在纵深十四五层的加尔各答黑洞※1里一般。当地人所称的最高“公寓”，如今早已焚毁殆尽。不过，如果望见八层或十层高的窗子，在今日也并不稀奇。悬崖般的高楼近悬于威弗利桥之上，让不少天然峭壁也相形见绌。这些建在陡峻山坡上的高楼，其地下室已然令人仰视了，顶层阁楼自不必说。其中家具也许已典当一空，但它居高临下，可以眺望高地丘陵的美景。这里位于爱丁堡的中心，住在这儿的穷人从自家窗户便可瞥见那青葱的乡野美景。而在那深渊般的低处，则是住宅区以及宽敞的广场和花园。头顶上方，唯有寥寥几支尖顶，犹如石质桅尖耸立在城市上空。田园般清新的微风轻拂着它的脸庞，还带去

※1 英法争夺印度半岛殖民利益期间，法国军队为监禁英国俘虏在印度加尔各答建造的一座地牢，面积狭小，环境恶劣。（译注）

了大海的气息和丁香花绽放的味道。

如今，谴责钱伯斯[※1]先生及其追随者所倡导的革命式改造，几乎成了一种公认的文学观。对他人的痛苦安常守故并非难事，而只有至善之人才明白，这种保守态度令人厌恶。穿过这黑暗的迷宫，马路上几处陈旧怪异的街角也已被清除，一些接合处也已变为居住之地。而如此一来，缕缕阳光便透射进来，阵阵空气多么清新！好一幅自然天成的如画美景！再穿过幽暗的拱门，径直走下漆黑的楼梯，便来到昏暗的小巷中。巷子十分狭窄，伸开臂膀即可触到两侧的墙壁。冬天走在这陡滑的路面上，就像走在冰面上一样危险。家家户户晾晒的衣物一层层挂在窗外，托架般纤薄的楼墙支撑着朝外凸出的阁楼[※2]。黑暗的角落里露出雕塑的一角。最高处，房屋的侧影印刻在天空中。进到球场内，一群孩子正在玩耍，大人们则坐在门阶上，而

※1　威廉·钱伯斯（William Chambers，1800—1883），苏格兰出版商及政治家，1872—1883年主持并资助对圣贾尔斯大教堂的进一步修复。（译注）

※2　位于草坪市场（the Lawnmarket）的老躬首楼（Old Bow-Head），因其凸出的顶层阁楼设计而得名。（译注）

球场屋顶上空或许就峙立着一支教堂尖顶。一座宏伟的老宅院依然屹立在狭窄的路口，门楣上的徽记——一副盾饰或一句神圣英勇的格言——诉说着它曾经的荣耀。当地古董商对名门望族曾经歇宿之处了如指掌。一抬头，突然从伯爵夫人家的窗口探出一个邋遢女人的脑袋。贝都因人在法老的宫墙内搭起了帐篷，陈旧的战舰成了老鼠的专享之居。一条条巷弄里，尽是扑了粉的脑袋※1和一张张酒酣耳热的面孔，那样的日子已经离我们远去了。大路两侧，窗边飘卷着爱尔兰人晾晒的衣物，人行道上则挤满了无所事事闲逛的人群。

闲逛的人群构成了一幅典型的生活图景。精明的苏格兰工人会在上班途中停下，将工具挎在胳膊上便开始讨论教会与政治事务。而大多数人却迥然不同——鬼鬼祟祟的惯犯、蓬头赤脚的儿童、健硕的大嘴女人，身着千篇一律的条纹法兰绒衬裙和短格子呢披肩，人群中还有几个正

※1 18世纪欧洲人的时尚或习俗，将加入了橙花、薰衣草或鸢尾花香味的粉末扑在假发上，使其呈白色或斑白。（译注）

在巡视的警察、一小撮叛逆分子，以及潦倒的上层人士，身上还遗留着过去美好生活的痕迹，如同一记商标。在与爱丁堡规模相当、拥有五六条交通主干道的其他城市，同样的面孔就连闲游散荡的流浪汉也不屑一顾。由此看来，爱丁堡甚至算不上小城市，毋宁说它是一座最大的镇子。因此，邻里间抬头不见低头见，这也是任何人都无法避免的。我因而有机会在不经意间，悄然地观察着这些浪迹的人们，他们的生活每况愈下。其中一位，在我第一次注意到他时，他大概已经六十岁了。那时，他身着上乘的绒面呢衣服，看起来仪表堂堂，风度翩翩。而三年来，他却日渐颓陀——松垮的外套油渍斑斑，纽扣也不见了，肿胀的脸上布满皴皱，走起路来含胸驼背，花白的头发也越发稀疏。我最近一次见他时，他正和几个身穿斜纹棉布工装的人站在一个入口处，醉醺醺的样子，陈旧的黑色衣服上还沾着些泥污。我多希望还能听到他的笑声。如此高龄还要经受这样的蜕变，真让人心酸。也许你会以为六十岁的老人不会遭遇如此不幸，也许你会以为他在那个时候已得到妥善安顿，能够安详而体面地走完余生。

对于这种衰败最早出现的迹象之一，便是受害者渐渐从新城区的大街上消失，并纷纷逃进高街，就像受伤的野兽躲入了树林。在住宅区这种事儿屡见不鲜。整个社会也已衰落。门楣上挂着盾饰，窗边晾晒着衣物，颇有几分龃龉之感。而那位老人，在我最后一次见他时还身着三年前扮绅士时所穿的外套，正是这样才让他看上去愈加悲惨。

人口过多在王公贵妇时代是不争的事实，幸运的是，那些曾让爱丁堡蒙羞的旧式习俗已被摒弃。然而舒适的聚会绝不像逼仄的集体生活那样令人反感。没有人关心过去曾有多少王公与贵妇、牧师与律师在这些房间里聚会——也许人越多越欢乐。玻璃杯与瓷制潘趣酒杯杯觥交错，叮当作响，有人在轻弹维金纳琴，玻璃灯罩上装点着孔雀羽毛，红色的火光中蜡捻儿忽明忽暗。那是一幅美妙的画面，即使不断重复也依然美妙。要是每隔一个房间就有这样的景象，那就更美了，这座高楼也会更加引人入胜。时移世易。各家各户或许会齐聚一堂，或许都能丰衣足食。而大酒店从头到尾没一个地方让人舒服，窄仄而吝啬，饭菜少得可怜，到处充斥着一股肮脏邋遢的气息。不同的房间里，有人出生，有人死去，有人正酩酊纵饮，侦探和读经者正走上楼梯。激烈的吵嚷声户告人晓，孩子们从小就在这异常的氛围中耳濡目染。你会认为只有拥有强大的心灵，才能在这样的环境中长大而毫发无伤。尽管上帝已为年轻人法外施恩，同时，恶行或伤害并未如我们所忧虑的那样层出不穷，然而看到这样的生活方式，还是会让那些生活更幸福的人感到不安。没有任何地方的社会不平等状况比爱丁堡更甚。我曾说过对于王子街沿途的流浪汉而言，高街的顶层阁楼总是面无表情地背对着他们。当然中间还有一座花园。虽然通过对比的方式往往能凸显事物，但有时不这样做反而更直截了当。有时事实就是事实，简单明了，而且贫富之间的差别并不像叶子的两面那么截然若判。看着南桥，再看看桥下牛门街尽是沿街叫卖的小贩，便可在瞬息之间从一个社会阶层跳跃到另一阶层，将两者尽收眼底。

一天晚上，除了警察所有人都已入睡之后，我沿着牛门街步行，恰好在一幢高楼前停了下来。月亮悬在烟囱的上空，皎洁的月光洒在顶层窗户上。在那庞大的楼宇内，没有一丝光，可当我驻足时，似乎听到了一阵寂静之声从中传出。没错，那一定是钟摆的嘀嗒声，还有仰睡之人的呼噜声。我似乎听到高楼里密集的人群发出的声音，在耳畔若隐若现。家家户户的声音汇成了一股，整幢大楼都在随着时钟的节奏跳动，就像一颗失调的巨大心脏。或许这一切只不过是我的想象，但在那一瞬间的确不可思议，令人难忘。可以想象，这是多么鲜明的对比——与巨大的人口数量相比，分隔并容纳着人们的那一画面。

无论如何，高街公寓倒塌这件事并非我异想天开，而完全是令人心悸的现实境况。大楼早已栋朽榱腐，楼底的入口处曾突然闭塞，清洁工的手推车都已无法通过。夜里，朽裂的声响回荡在整座楼房中。这幢巨大蜂箱般的楼房早已破旧不堪，居民们每每在楼道里相遇，便会议论起他们所处的险境。惊慌中，有人弃家而逃，却又出于节约或自尊的考虑返回家中。黎明前的黑暗中，随着一阵恐怖的喧嚣，整座大楼动摇了，继而一层层彻底地坍塌下来。四面八方都能感受到这巨大的震动，而随之而来的精神冲击也由清晨的送奶工传至城郊各地。教堂的钟声回荡在整个爱丁堡上空——在那个灰暗的上午，这悲伤凄惨的钟声前所未闻。死亡情况尤为惨重，就像力士参孙摧毁屋顶那样，许多家庭遭遇灭顶之灾。目睹这一切的人们，无一能够忘记坍塌后楼墙废墟的惨状：一些房间的墙面刷着涂料，一些贴着墙纸；这边，水壶还搁在壶盘里，高悬于头顶，那边，廉价的女王画像挂在了烟囱上。这次灾难让你得以一瞥那戛然而止的三十个家庭的生活。大楼已然坍塌，而随之坍塌的事物又何其多！从遥远的乡间望去，城区景观中出现了一道缺口，阳光从烟囱间穿过，照在以往无法抵达的陌生地带。可以想见，在世界各地——伦敦、加拿大、新西兰，有多少人会惊呼："我出生的那栋楼在昨夜坍塌了！"

位于牛门街的爱丁堡民居

圣贾尔斯大教堂

圣贾尔斯大教堂内部

位于修士门附近的托伯特

议会
广场

圣贾尔斯大教堂在岁月变迁中已历经沧桑。若不是有尖塔的缘故，教堂本身恐怕毫不起眼。小贩们的货摊[※1]已销声匿迹，扶墙间的商店也一家都没留下。一群热心的地方官和一个愚蠢的建筑师，把一座本来充满了生活气息的城市变得粗陋而造作，未免令人遗憾。曾经的圣贾尔斯一定是富丽堂皇，古色古香，周围建筑熙熙攘攘，遮天蔽日，充满奇幻与浪漫，而这一切如今却已被人遗忘。这里正是当年老城区建筑最为密集之处，如今已悉数拆除，拓

※1　原文为苏格兰方言*Krames*。（译注）

出一条与高街平行、连接教堂两侧开阔地的平坦道路，鳞次栉比的楼群中间还空出了一个巨大的“观景窗”，由此可以向北瞭望新城。

有这样一件可笑之事。据说在城堡与荷里路德宫之间有一条地下通道，一位来自高地的风笛手自告奋勇去探索地道中蜿蜒的路径。他吹奏着斯特拉斯贝舞曲※1从其中一端进入地道，凑热闹的人群则循着从地下传出的笛声，跟随他沿街前行。当来到圣贾尔斯附近时，音乐声戛然而止，地面上的人们高举双手，不知所措。究竟他是被废气窒息，或是陷入泥淖而亡，还是被撒旦整个地带走了，一直是个谜，但时至今日，这位风笛手确已销声匿迹。也许是他溜达着闯入了诗人托马斯※2的领地，也许某一天——当然也是最不希望发生的事——他会突发奇想，打算重访这个阳光普照的地上世界。要是圣贾尔斯附近的马车夫听

※1　以苏格兰中北部地区斯特拉斯贝（Strathspey）命名的舞蹈伴奏音乐，通常为4/4拍。（译注）

※2　诗人托马斯（Thomas the Rhymer，1220—1298），苏格兰地主，许多民间传奇和文学作品对其有所记述。（译注）

见那嗡嗡的笛声再次从马蹄下的大地深处徐徐升起，该有多么诡异。

然而失踪的并非只有风笛手，许多结实而巨大的石质建筑也同样神秘地没了踪影。譬如这里，镶嵌在人行道上的心形图案。它是历史悠久的中洛锡安之心的托博特[※1]旧址，关于它还有一部同名巨著[※2]。如今墙垣已烟消云散，再没有为嬉皮笑脸的犯人专设的肮脏之所，也不再有为声名狼藉的越狱者而建造的牢笼，只有阳光和雨露自由地游弋在监狱遗址的上空。而这却并非这条道路所承载的唯一纪念。爱丁堡古墓园坐落于圣贾尔斯教堂后面，沿山坡向下经过牛门，一直延伸至现在议会大厦的位置。与监狱和固定商铺区[※3]一样，它也已经彻底消失了。据我了解，对古墓园的历史一无所知的人们，如今仅剩一处标记

※1　自中世纪至19世纪一直是爱丁堡的行政中心、法庭和监狱所在地，1817年被拆除。（译注）

※2　由沃尔特·司各特（Walter Scott，1771—1832）于1818年发表的小说《中洛锡安之心》（*The Heart of Midlothian*）。（译注）

※3　15世纪开始出现在圣贾尔斯教堂北面的商铺区，1817年拆除。（译注）

可供造访了。在议会广场，人们每天都会踏过一个名字和日期，这里就是那位让苏格兰按一己之愿焕然一新的缔造者——不屈不挠、矢志不渝的约翰·诺克斯的安息之地。他在教堂的钟声里安眠，这钟声里也曾常常回响着他布道的声音。

在这位改革家附近，还有一座铅铸雕像：罗圈腿的查理二世[※1]身披花环，跨在一匹大腹便便的战马上。这位众叛亲离的国王，看上去像是在笨拙地小跑，想要逃离这个危险的邻居。然而通常情况下，他俩得长时间孤独地待在广场上，因为这里地处偏僻，远离尘嚣。一面是教堂南墙，一面是议会大厦的拱廊，这块不规则的空地处于二者的环绕之中，阳光下便笼罩在建筑的投影里。站在圣贾尔斯教堂两端的扶墙边，高街上形形色色的路人一览无余。然而熙攘的人流自顾东游西荡，把

※1 查理二世（Charles II，1630—1685），英国国王。1649年其父查理一世被克伦威尔处决后，他于1650年抵达爱丁堡，被苏格兰议会立为苏格兰国王，1651年元旦加冕，1660年在多佛登陆，回到伦敦，1661年4月即位不列颠国王。史称“王政复辟”。（译注）

议会广场留给了查理二世和那些鸟儿们。偶尔也能看见一帮闲人整日在那儿逗留，吃水果的，看报的。看他们举止从容，你大概会以为他们在等着发免费餐券。恰恰相反，审讯庭上正有人受审，而他们都是来凑热闹的，却无奈法庭的走廊太过狭窄。将近下午，囚犯被带上法庭，要是不招人待见，定会招来阵阵嘘声。有时也会看到身穿长袍、头戴假发的辩护律师用手捂着嘴，意味深长地频频点头，一边倾听着代理人的述说，一边在庭上来回踱步。通常每隔一阵，广场上就会有一大群律师在忙碌穿梭。

议会广场已成为苏格兰历史事件的见证之地。譬如1688年主教们被逐出议会时，“一行十四人围拢在一起，面色苍白地站在广场上”：这群可怜的圣公会主教们，永远与好运气诀别了！一群来自西部地区的社会主义者站在一旁，与围观绞刑比起来他们大概更喜欢众人聚集的场面，于是粗鲁地推搡着这些人，几乎挤破了头。对失势的敌人这样做，可算不得坦荡。可他们中至少有一个人也曾尝过刑具靴的滋味，他们所有人也都见过自己的亲密伙伴站在绞刑架上的场景。除此之外，就在“悲哀联盟”[※1]这个地方，人们蜂拥着去护送苏格兰议会[※2]中他们最爱戴的议员：那些为自己的民族身份情绪激亢之人，正如博斯韦尔[※3]所说，他们随时都会制造骚乱，若是《鲁滨孙漂流记》的作者[※4]从窗口往外看一眼，朝他扔石子儿这样的事儿一定会让这帮人精神抖擞。

17世纪有位虔诚之人，在去参加苏格兰出庭律师协会“选拔”（我们今天说“考试”）的途中，看到空旷的议会广场，仿佛看见地狱之口。这很可能成为他后来转变的契机。并非这景观与此地多不相称，因为除了医院，人类文明中还有什么比一座法院更显丑陋的建筑呢？所有的

※1 指苏格兰议会广场。英格兰议会和苏格兰议会分别于1706年和1707年通过了《联合法案》（*Acts of Union*），并于1707年签订《联合条约》（*Treaty of Union*），两国以共主邦联式联合成为大不列颠王国。（译注）

※2 在1707年5月1日《联合法案》生效前，苏格兰议会于3月25日最后一次召集。（译注）

※3 詹姆斯·博思韦尔（James Boswell，1740—1795），苏格兰传记作家，1791年出版《约翰逊传》，被公认为英国最伟大的传记。（译注）

※4 即丹尼尔·笛福（Daniel Defoe，约1660—1731），英格兰作家，英国启蒙时期现实主义小说家。（译注）

嫉妒、敌意和刻薄都齐涌上来，将它在公共竞争中击倒出局。作奸犯科、民生凋敝、家庭破裂、欺骗与被骗，全都不由自主地涌向这座低矮的拱形楼房。有多少人未曾听到它坍塌之后圣贾尔斯的第一次钟声？我想我看到这些人只是暂时停下，数着钟摆的响动，然后继续步入人潮涌动的高街，心中泛起一丝惊愕与哀愁。

通过一扇双摆门，便进到一间有雕花屋顶的厅堂。这里悬挂着法律人物肖像，装点着法律人物雕像，彩色玻璃窗将这儿点缀得剔透明亮，三堆巨大的炉火温暖了整个大厅。这便是苏格兰出庭律师协会的中央大厅※1了。这里有一条十分苛刻的规矩，游手好闲的年轻人必须在十点到两点期间散步，从一端到另一端，可以独自一人，也可两两结伴或三人同行。只见这些长袍和假发们不停地穿梭往返。穿过阵阵说话声和脚步声，是权杖持有人宣布一项新任务，接着点名召集相关人员的尖锐音色。这些聪明人每天在此行走已经十年甚至二十年了，却没摊上一丁点儿活

※1　原文为法语*Salle des pas perdus*。（译注）

儿或者一分钱的报酬。随着时间的推移，他们或许会被打造成为勒威克[※1]或托伯莫里[※2]的行政司法长官和“正义之泉”。你可能会说，除了一点耐心，喜欢训练，能忍受糟糕的空气，什么也不需要啊。呼吸着灰尘和制服的气味，头脑中充斥着喋喋不休的闲言碎语，聆听着长篇累牍的案件，一边喝杯雪莉酒，以难以名状的心情期盼着某个人原形毕露的那一刻，期盼着能在余下的下午时光打打高尔夫。这样日复一日、年复一年的生活，在少不更事者看来，似乎只是一项轻而易举的任务！然而尝试过的人便不这样看了，他们认为这真是最艰苦卓绝的游手好闲。

更多大门通向不同的房间。一间间鸽洞般的屋子里，首席诉讼法官独坐其中，一间间听证庭里比肩坐着三五成群的大法官们。司各特[※3]当年就坐在这条围栏内，伴着喋

※1 苏格兰北部设得兰群岛首府，英国最北端的城镇，20世纪70年代后逐渐成为石油基地。（译注）

※2 苏格兰西部内赫布里底群岛中马尔岛的首府，位于该岛北端，东临马尔海峡与苏格兰本岛相望，18世纪开始成为渔港。（译注）

※3 沃尔特·司各特爵士（Sir Walter Scott，177—1832），苏格兰历史小说家和诗人，代表作有《艾凡赫》《爱丁堡监狱》等。（译注）

喋不休的庭审，洋洋洒洒创作了不少以“威弗利作者”[※1]为笔名的小说。在这儿能听到不少机敏狡黠的论辩，而法官们并非个个不苟言笑，所以时而也能听到些冷笑话。法庭上如今已杜绝了最粗俗的苏格兰土话，但依旧保留着特有的民族风味。对待案件，我们享受郑重其事、慢条斯理的过程。我们将法律视作一门精湛的艺术，从它卓越的品质中收获乐趣，并领会其中奥义。一切须从容：一条一款都得明察秋毫，再归约为法律准则，一审一判都要言之凿凿，令人信服。

出了法庭，同一层还有至少三间图书馆：其中两间偏居一隅，一半位于地下，其布局凌乱不堪，密布着楼梯和走廊。在这儿你会看到最勤学的假发人士们借着屋顶的天光摸索着，取出几本小说。就在这儿，前枢密院[※2]让长老会成员们受尽折磨。由于议会大厦建在山坡上，所以北

※1 1814年司各特匿名出版的小说《威弗利》（*Waverly*）取得巨大成功，此后他即以“威弗利作者”为笔名继续发表作品，直到1827年才公布其真实姓名。（译注）

※2 英国的枢密院（the Privy Council）最早设于15世纪亨利六世（Henry VI，1421—1471）时代，为英王之下的最高行政机关，18世纪20年代后，成为国王的咨询机构，主要职能为主持皇室典礼、向国王提供建议以及发布公告等。（译注）

面只有一层，南面却能看到至少六层。一排排地窖在图书馆下面延伸。这是丘陵之都无可比拟的典型特征。你可以脚踏石阶步步下行，借着火柴摇曳的微光，在这石窖连成的迷宫中漫步。此时你正从外厅下方穿过，头顶上方，律师们幽灵般轻快的脚步声不绝于耳。现在来到一道坚固的大门前，上面开了扇小门，另一侧是警察局的牢房和通往审讯庭被告席的隔离阶梯。许多人上去时还步履轻盈，下来时却举步维艰。还有许多人经过旷日持久的庭审辩论而被剥夺了生命。但此刻，这个充满悲剧色彩的舞台就像平日里的教堂般空旷安静，所有长凳都被覆盖起来，了无动静，只有缕缕阳光照在墙壁上。稍往前，进入一个房间，这里比别处东西多些，摆满了旧案留下的遗产——恐怖的家具、各种致命武器、罐子里中毒的人体器官，还有一块被子弹打穿的门板，后面躺着一具尸体。我不明白，如果不是为了向审判日抗议，他们为什么要把这些东西保存下来。再往下走，可以瞥见黄色的煤气灯光，前方传来窸窸窣窣的人声。接着转过一个拐角，在刷着白墙的走廊里，机械传送带在滚轮上兢兢业业地转动着。你或许会以为引擎是天生长在那儿的，像一朵地窖里的霉菌，很快就能以其神秘的运作机能，蔓延至整个地下室。实际上，这只不过是一部蒸汽通风装置，而且机械师就在旁边。迈出这扇大门便是阳光普照。在刚刚过去的这段时间内，你并没有深入地球的中心，仅仅抵达山脚和议会大厦的地基处。尽管的确十分低沉而压抑，但毕竟还在开阔的天空下，还在碧绿的草地上。炫目的天光照耀着爱尔兰居民楼的后窗，照耀着残破的百叶窗、变形的屋墙和摇摇欲坠的老房子，照耀着即将土崩瓦解的、那猪圈般的宜居之所。除了窗边零落的衣物和面孔，鲜有生活的迹象——人们此时都已出门，但晚上他们还会回来，然后踉踉跄跄，走向自己的卧榻。

传奇故事

一个地方所唤起的想象往往最能恰如其分地体现其个性。一件事应际而生，便会生根发芽而成就一段传奇。尤其是发生在恶劣环境下的丑行，它们具备真正的传奇色彩，而且会成为其场景中永恒的特质。对于像司各特这样的人来说，缤纷大自然的每一副面孔似乎都蕴藏着现成的传奇故事，而去唤醒这些故事则成就了他自己的传奇：这样或那样的事应该发生在这样或那样的地方才算恰如其分。本着这样的精神，他为委努峰[※1]创作了《湖上夫

※1 位于苏格兰特罗萨克斯山区，距卡特琳湖南端约两千米，苏格兰盖尔语“小山丘”之意。（译注）

人》[※1]，为爱丁堡创作了《中洛锡安之心》，而挥洒自如、天马行空的《海盗》[※2]，则是为北方荒岛和咆哮的潮涌所作。每一代人，即便是普通人，也都具备某种与司各特几乎同样敏感的直觉，然而每当他新作问世，人们便会忘掉旧故事中的失当之处。而根据优胜劣汰的法则，只有传承下来的东西才能成为艺术作品。因此，人们可以在爱丁堡低矮的蜗居和高耸的尖塔中，去回顾那些在这座城市昏暗的巷道间发生的惊险奇遇。坐在炉火旁读着这些冬天的故事，直让人不寒而栗：这些故事以独特的方式，呈现出一幅幅关于过去生活的真切图景，呈现出那段生活中的人们最真实的本性；当风呼啸着穿过高楼，回响在拱廊间，当城市中幽远而茫然的灯光在狂风阵阵中战栗摇曳时，这些故事便会以独特的方式，让你的恐惧变本加厉。

※1　发表于1810年的长篇叙事诗，以特罗萨克斯为背景，全诗共6个篇章，分别描写了每一天的活动。另译《湖中仙子》或《湖中女妖》。（译注）

※2　发表于1822年的小说，故事发生在苏格兰北部设德兰群岛。（译注）

这头的人们正讲着银行差役贝格比的故事※1，他被猛然刺中心脏，在拥挤的高街没走几步就倒在了血泊中。那头，人们在窃窃私语，议论着伯克与海尔※2、毒品和被掘的坟墓，议论着这两个盗尸人用膝盖将受害者窒息而死。此时此地，布罗迪会长※3的声名依旧显赫。他可是那个时代的大人物，在和谐社会受人尊敬。作为木匠，他不仅木工技艺精湛，唱起歌来也品位不俗。不少市民都很荣幸能邀请他到家中共进晚餐，时间到了还要恋恋不舍地送别。人们要是知道过不了多久他们这位客人就会乔装改扮一番，再次潜回家中，该会多么惊骇窘迫呢。很多故事都对这位令人敬畏的爱丁堡窃贼有所记述，但都不及我记忆中的这一个鲜活生动。布罗迪的一个朋友，曾蜗居在这其中

※1 1806年11月13日发生在爱丁堡的一起抢劫谋杀案，至今悬而未决。受害人威廉·贝格比（William Begbie）在徒步运送现金时被人杀害，4392英镑被全部抢走。（译注）

※2 1828年发生在爱丁堡的系列盗墓谋杀案的两名主角。他们先是将盗取的尸体卖给科研机构做医学解剖之用，后来演变为杀害无辜者，再将其尸体贩卖。（译注）

※3 苏格兰家喻户晓的历史人物，白天制作家具，夜间入室行窃。本名威廉·布罗迪（William Brodie，1741—1788），是一名手艺精湛的木匠，因担任过爱丁堡工匠行会会长（Deacon of the Guild of Wrights & Masons of Edinburgh）而被称为布罗迪会长（Deacon Brodie）。（译注）

一幢接近天堂的高楼里。他告诉布罗迪自己要去趟乡下，接下来却因为有事耽搁而推迟了，所以在城里又住了一宿。这位朋友好一会儿都没有睡着。特隆教堂的钟声响过，已经是凌晨了。突然间传来一阵吱吱嘎嘎的响动，一束微光闪过。他轻轻爬下床去，扒着盲窗向隔壁房间望去。借着窃贼的手提灯发出的微光，他发现那竟是他的好友——头戴面罩的会长先生。这个小插曲大概早已被人淡忘了。而消停了一段时间之后，又发生一起重大盗窃案，接着便是逃亡、伦敦“弓街警察”[※1]的追捕、斗鸡比赛，终于在阿姆斯特丹的一个橱柜里被逮捕了。直到他双腿一蹬，从他自己精心打造的绞架上陡然坠落时，这位威廉·布罗迪会长的宏业才总算终结了。然而人们对他记忆犹新，似乎总能看见一个欺世盗名之徒，从法官家的餐厅偷偷溜进窃贼的巢穴，在巷陌间昏暗摇曳的街灯下鬼鬼祟祟。

※1 伦敦最早的一支职业警队，由英格兰作家亨利·菲尔丁（Henry Fielding，1707—1754）于1749年组建，初期由6名警员组成，1839年解散。“弓街警察”（Bow Street runners）是伦敦市民对它的戏称。（译注）

布罗迪会长已经“失宠”了，但另一些记忆也许是挥之不去的，比如大瘟疫。在今天人们的记忆中，还有些致命的房屋仍是不能进入的危险场所。在瘟疫肆虐的时期，纪律十分严苛，必须极其严格地施行我们今天叫作“消除传染”的措施。官员们穿着灰色长袍，前襟后裾各有一副白色的圣安德鲁十字，胸前握着一支盖着白布的手杖在城里巡视。面对上帝的惩罚心生畏惧的人们，还要承受人类的裁决带来的恐怖。他们把尸体埋在穆尔区※1，那些隐瞒自己染病的人，女的都被溺死在矿洞里，男的则被绞死后将尸体挂在自家大门上；病魔所经之处，家具一律焚毁，房屋一律查封。这个故事里最为吊诡的情节是关于这些房屋的。两代人之前，这些漆黑空旷的房子兀自矗立着，人们经过时都避之不及。曾经有一个胆儿大的小男孩对着锁孔大喊一声，然后赶紧溜走了。因为大家觉得房子里的疫病就像一只潜伏的蜥蜴，随时都会向外蔓延，把各种各样

※1　历史上爱丁堡南面的一片开阔地。瘟疫爆发时期，病毒感染者通常被集中送往这里的临时小屋进行隔离。（译注）

的水疱脓疮散播到整个城市。对于迷信的市民来说，摊上这样的邻居该多么可怕！一只从屋内蹿出的老鼠就能让最具胆气之人魂飞魄散。你也可以把这看作一则关于讲卫生的寓言故事，由我们邋里邋遢的先辈们对自己的疏忽人意所讲述的故事。

我们再来说说韦尔少校[※1]的故事。尽管他的房子已被拆除，但古老的爱丁堡却无法对他亵渎神明的罪恶往事毫不介怀。他和妹妹共同居住，这里散发出某种虔诚却乖戾的气息。她是个难以捉摸的老处女，而他则有着不可多得的祷求天才，虔诚的追捧者都知道他叫“天使般的托马斯”。“他身材高大，肌肤黝黑，总是低着头注视着地面，表情严肃，大鼻子。他的军装是斗篷样式的，颜色有些深，走路时总是拿着他的手杖。”为什么天使般的托马斯连同他的手杖一道被焚烧了？为什么他的妹妹则以较温和的方式被处以绞刑？两人仅仅是更激进的宗教狂热分子

※1 爱丁堡黑暗传说中的主角，本名托马斯・韦尔（Thomas Weir，1599—1670），传说是一名巫师。（译注）

吗？他们是否以“旧世界”的双肩承担了那些真实，还有虚无的罪名呢？幸好这些问题都超出了我们想要了解的范围。至少应该让这座迷信之城以外的人们去了解类似的事例：宗教的黑暗与狂热催生出的果实和花朵。同时，至少这些细节曾博得公众的关注，并塑造出一个不同寻常的神秘家庭。或许还会看到少校的手杖曾为他跑腿，甚至常常在夜里拎着灯跑在他的前面。身形巨大的女人，在不合时宜的夜晚和清晨时分“一会儿大声狂笑，一会儿又目瞪口呆地哧哧窃笑”，在他的寓所周围神出鬼没。他的房屋深陷如此恶名，因而没人敢居住其中，直到市政改造将其夷为平地。我的父亲在疗养院时，常常听说这样的故事：六匹目露凶光的黑马拉着那魔鬼的马车，在黑夜里驶进西弓街，晚睡的人们或许曾透过玻璃窗看见过死去的少校。

还有一个传说是关于两个未婚姐妹的。从这个词最不光彩的一面来说，这或许真是一个传说，甚至可能更糟——只是前人的杜撰而已。但它又是一个必不可少的故事，而且理应在爱丁堡的史册上占有一席之地。两姐妹同住一屋，应该是有两张床，面积大概也不小，总归就是一个单间。姐妹俩有一次在房间里吵了起来，多半是因为在有关神灵的问题上产生了分歧。可她们吵得实在太凶了，从此以后相互就再也没有说过一句话，二人泾渭分明。你可能以为她们会就此分道扬镳，然而并没有。要么是缺钱的缘故，要么是出于苏格兰人对流言蜚语的恐惧，她们一如既往地住在同一个屋檐下。地上用粉笔画着一条线，区隔出各自的领地。这条线将门廊和炉灶也一分为二，因此她们进进出出、烧火做饭都各行其是，互不侵犯对方的领地。她们就这样在充满敌意的沉默中共同生活了好多年。吃饭、沐浴、朋友来访，都暴露在对方冷漠的监视之中。她们在无眠的黑夜里互相听着自己“仇人”的呼吸声。房屋的四壁俯视着姐妹俩反目成仇这一绝无仅有的窘状。这时应该拿块画布让霍桑[※1]将其变成一幅橱柜肖像画[※2]——他富于清教主义情结，这让他有能力去应对这种清教徒

※1　纳撒尼尔·霍桑（Nathaniel Hawthorne，1804—1864），19世纪美国小说家，代表作为《红字》。（译注）

※2　一种尺寸很小的全身人物肖像画，画工精细，通常放置在家中私密的小房间或壁橱里。（译注）

式的恐怖场景。他或许可以向我们展现姐妹俩的各种病态以及骇人的双人祈祷式，二人各自翻阅着一本伟大的《圣经》，或者简明扼要地为对方的忏悔大声祷告。在某个暴风骤雨的傍晚，她们捋起裙角，各自待在自己一方的炉灶旁，或坐在窗边，眺望着夏日的景色朝着更远更低处蔓延，朝着海湾，朝着她们手牵手漫步过的田间小路蔓延。或许即便她们渐渐年迈体衰，行动迟缓，双手开始颤抖，头也不由自主地摇摇晃晃时，姐妹俩之间根深蒂固的积怨依然有增无减。直到某个晴朗的日子，一句话、一个眼神、一个照面，甚至是死亡来临，才会让她们的心融化，那条用粉笔画出的边界也将被永远跨越。

唉！在对这个民族的教会史——那段人类史册上最愚愎最压抑的历史——有所了解的人看来，在苏格兰以及这高踞的福斯湾之都的社会群像里，这不过是其中一幅——如此冷酷而现实的描摹，若是让不了解的人看到，大概会被误认为是一幅讽刺漫画。而出于良知，我们都极富耐心地厌恶着这片北方之地。我在前面曾提到国教会和自由教会※1组织下的议会，还提到他们听到对方在街道对面合唱圣歌的情形。现实中他们仅一街之隔，而内心却横亘着一道阴影。但他们还坐在那儿，像着了魔似的，用谴责的语调祈祷对方能够感受到上帝的恩宠。要是只有两个教派还好，但苏格兰林立的派系却组成了一个庞大的姊妹之家，一条条粗密的粉笔线从家家户户的屋内穿过。爱丁堡是一座教堂之城，仿佛自己是朝圣之地。在西弓街街头仅一石之遥※2的范围内，就能看见四座。有的门庭若市，有的却像无人问津的纪念碑，你会发现还有一些新的教堂在建盖中。因此，从三一学院教会及周边海滩，到毗邻群山的莫宁赛德※3，惊喧的教堂钟声总会在安息日的清晨骤然响起。我曾听过牛津的钟声在金秋的早晨发出交响乐般的奏鸣，那是如此悦耳。然而在爱丁堡，五花八门的钟聒噪不

※1 1567年苏格兰国会将加尔文宗定为国教，以其为依据的苏格兰长老会于1690年成立国教会（the Established Church）。1843年托马斯·查默斯（Thomas Chalmers，1780—1847）领导了一次苏格兰国教史上最大的分离运动，使当时474名牧师脱离国教会，成立了自由教会（the Free Church）。（译注）

※2 投射或抛掷石子可及的距离（a stone-cast）。（译注）

※3 爱丁堡城南地区，距市中心约3公里，主要地标为莫宁赛德钟楼。（译注）

堪，它们同心协力——准确地说是各自为政，制造出了一阵震耳欲聋、混乱嘈杂的噪声。一会儿这个快了，一会儿那个慢了；这会儿五六口钟又在顷刻间同时敲响，让耳膜惨遭蹂躏，合奏出一段令人悚栗的不谐之音；紧接着，所有的钟又仿佛是密谋好的，敛声屏息地安静了一小会儿。在这个世界上，比爱丁堡的安息日钟声更加骇人的喧嚣其实并不多，那是教会发出的刺耳的警报，是格格不入的正统教派发出的吼声，催促着每一位秘密集会者[※1]，在各自的教堂里抗议“右倾极端分子和左倾的叛教之徒”。当然，几乎再没有比这种极端的狂热更甚一筹的极端了，也再没有比背叛基督之爱更应受到谴责的背叛了。莎士比亚写过一部喜剧叫《无事生非》，而面对同一个主题，苏格兰民族却谱写了一部荒诞的悲剧。这些钟声响彻每一个安息日的清晨，响彻福斯河畔的群山之间，正是为了成就这一卓越篇章。如果人们对宗教有着共同的理解，因而愿意放下架子在同一个屋檐下崇拜上帝，那么多

※1　17世纪，苏格兰盟约派经常在各地秘密集会，反对圣公会主教制。（译注）

少人会静默地留在教堂尖塔中不语，多少丑陋的教堂会被拆除并重新变成可资利用的建筑材料！然而，那一条条粉笔画出的界线依旧，而哪一方会放下自尊，哪一方又会率先开口说话呢？

司各特纪念塔

灰衣修士墓园

当年由玛丽女王※1授命，将坐落于当时爱丁堡城郊的灰衣修士※2的花园辟为一块新墓地※3。如今它已成为古迹，完成了历史使命，同时也被许多新的墓地所取代。修士们当年一定十分享受这里怡人的夏日黄昏，因为它位置绝佳，前面就是巍峨的城堡和耸立的峭壁。直到今天，它

※1 玛丽·斯图亚特（Mary Stuart，1542—1587），苏格兰女王玛丽一世（1542—1567年在位），因信仰天主教而与苏格兰新教潮流相抵牾，逃亡英格兰后被幽禁长达18年，后被英格兰女王伊丽莎白一世下令处死。（译注）

※2 天主教方济各会修士的别称，所穿会服为灰色长袍，故名“灰衣修士”（Grey friars）。（译注）

※3 旧墓地是圣贾尔斯教堂墓地。（译注）

还是爱丁堡最著名的景点之一，外地人都要被带去那儿看一看，把城市建在山丘上是多么异乎寻常。整座墓园的边界参差不齐，呈不规则形状，新旧两座教堂就坐落在最高处的一块平地上，四处稀稀拉拉地长着些荆棘，北面是台地和陡坡，地势渐低。空地上可以看到许多石板和墓碑。墓地的边缘围着一圈贵族陵墓，其奢靡的装饰令人愕然。

暂且不论鲁比里阿克[※1]所雕刻的墓碑——它们在墓地艺术中当属大师级的作品，我自认为我们苏格兰民族最擅长以恐怖的方式诠释死亡。我们似乎对那些记录时间及重大变故的标志物情有独钟，甚至在各地的乡村教堂，也会发现令人惊悸的物证——骷髅头和交叉人骨图案、没有鼻子的天使与审判日的号角。每一个石匠都是平民中的霍尔拜因[※2]：他对死亡有着敏锐的洞察力，善于在作品中制造恐惧并以简洁的形式传递给教堂墓地前闲逛的人们；他总

※1　鲁比里阿克（Louis Francois Roubiliac，1702或1705—1762），在英国工作的法国籍雕塑家，英国四位最著名的洛可可风格的雕塑家之一。（译注）

※2　小汉斯·霍尔拜因（Hans Holbein der Jüngere，约1497—1543），欧洲北方文艺复兴时代的德国画家，擅长油画和版画。1526年开始在英国工作直到去世。（译注）

会透露出对死亡的隐隐暗示，会抓住任何人去世的机会大做文章。这门艺术的经典之作就在灰衣修士墓园里。在他们那个时代，这些无疑都是奢侈的纪念碑，并被同时代的人看作高雅和谐的形式。尽管现在这种高雅已不那么明显了，但其影响力犹存。你或许将面露笑容地欣赏那些丰富多彩的拉丁铭文——它们或头尾相接攀升上柱身，或密密麻麻布满天使的号角。还有无头的身影从坟墓中直起身来，这是典型的恐怖形象。精雕细刻的传统工艺寄托着我们父辈对逝者的哀思、对人世沧桑的感悟。然而，你的笑容却不会是爽朗的欢笑。很可能这每一件装饰都是由学徒完成的，他们得意忘形地吹着口哨，一边挥动着手中的木槌。然而，它们各自的本义以及整体的氛围，却在这片静谧的墓园中因饱含忧伤而显得凝重。

墓地四周大多是社会下层民众的房屋。生死之间仿佛只一线之隔。从这儿看过去，墓碑的楣顶挡住了屋子的后窗，那头由于路面远低于墓地的高度，烟囱正好藏在了纪念碑的后面。转过身来，只见屋内放着一只艳俗不堪的红色陶罐。墓地中潮湿的气味蹿进了屋子，而里面的工人正坐在餐桌旁吃饭。透过窗子，家庭生活的片段历历在目。这片幽静的角落远离闹市区，与车水马龙的喧嚣形成了鲜明的对比。每当散步来到墓园，便会看到孩子们撒着面包屑在喂麻雀，你还能听到有人在唱歌、有人在洗碗，或者孩子受罚而哭泣的声音。挂在晾衣柱上的衣物随风飘动，拍打着坟墓旁的雕塑，猫儿从楣梁上轻轻一跃，落在一只骨灰瓮上。当周围了无动静时，这些格格不入的景象和声音便吸引着人们的注意力，更让此地悲伤的氛围愈加浓烈。

灰衣修士墓园一直被猫儿们占领。一天下午，我看见多达十三只猫坐在建筑大师老米尔恩[※1]墓边的草地上，个个毛光体胖，正悠然自得地眨着眼睛，看起来它们吃的可不是普通的肉类。老米尔恩生前就是与圣徒同唱圣歌之人，我们也希望他别太在意是谁陪在他的墓前，可我还是得承认此番情景确实不雅。我更愿意再往前走几步，抬头

※1 约翰・米尔恩（John Mylne，？—1621），苏格兰著名石匠，他的儿子和侄子也都是颇有建树的石匠。（译注）

看看城堡和老城区的屋顶，以及教会大会堂的尖顶，它们井然伫立的身影印在天空中，仿佛经过精雕细刻，不偏不倚。身处教堂墓地总能饱览开阔的景观，望望天空，欣赏一下尘世的美景都能让忧郁的心绪得到舒缓。

曾经的一次游览一直让我念念不忘。那是一个阴沉的下雨天，一串串雨滴挂在草叶上，随着天气由阴转晴又变得阴雨绵绵，人们忙不迭地将衬衫裙子晾出来又气呼呼地收回去。那天，一个掘墓工和他的一个朋友——从乡下来的园丁，陪着我一块儿相继进入一个个墓室和小院落中，过去那些有钱人就把自己的骨头封存在里面，从此便独居一室。在其中一处，大概是神龛的东西下面，我们发现了一座弃置的人物雕像，雕工之细腻就连螺纹长袜这样的细节都栩栩如生，手里还捏着一张记录他去世时间的标签。他就像自己把自己关在他的贵族专区里，像个坏老头或是新的神灵秩序中被遗忘的无名小神，显得既可怜又可笑。牛蒡在他脚边肆意滋长，淅淅沥沥的雨水在他身旁滴答着，全世界都对他漠然置之，既不想知道他是谁，也不关心他曾何往。另一处是一座有拱顶的墓室，外表美观大方，而内部结满了蛛网，潮气逼人，阴森恐怖，能看到有三堆黑色的土丘，还有一根未掩埋的大腿骨。这看起来是一处家庭墓葬，与我们同行的这位园丁以前曾长期为他们家工作。这么说他就站在老熟人中间呢。“这应该是玛格丽特小姐，”他一边说着，一边友好地朝那块骨头踢了一下，“这是老……”每次在墓园中看见如此众多的坟墓，将早已遗忘的记忆永恒地保留下来，我总会有种不安的感觉，而那天却是最为深刻的。对待逝者，人们心中无论是泛起一丝略带讥诮的悲伤，或者是恶言相向，总会付出些代价。我渐渐觉得，适合于大多数人的铭文应该是玩世不恭的嘲讽——明天该你了[※1]。如此一来，还有哪张吹毛求疵的嘴不能闭上，因为这样既承认了糟糕的宿命，又成功地还击了敌人。

灰衣修士墓园是一个充满故事的地方。墓园较低的一头以前立着一栋屋子，现已拆除。与我同行的掘墓工告诉我，这里曾发生过很多奇闻逸事。恶名昭著的盗尸人伯

※1　原文为拉丁文*cras tibi*。（译注）

克，那个滥杀无辜并以每具五先令的价格贩卖尸体的刽子手，就曾坐在这栋屋子里，叼着烟斗喝着夜酒，透过窗户冷冷地观察着行进在草地上的送葬队伍。他还告诉我，较高处那座坟墓——想必老早就存在，但很显然刚刚修葺过，就是宗教改革期间约翰·诺克斯躲避骚乱的藏身之处。教堂背后是乔治·麦肯齐爵士※1的陵墓，据说常常闹鬼。这位血腥麦肯齐在盟约派动乱时期※2担任过大法官，写过不少关于宗教宽容的动人文章。上个世纪※3，一位赫里奥特学校※4的老校友曾在这里躲过了警察的追捕。与学校仅一墙之隔的灰衣修士教堂，威严地坐落在丛丛草坪间，每到成立日※5，一大群孩子就会来到草坪上玩“围圈

※1 乔治·麦肯齐爵士（Sir George Mackenzie，1636/1638—1691），苏格兰律师、大法官、散文及法律作家。（译注）

※2 为反抗恢复了主教制的苏格兰政府的迫害，盟约派（covenanters）于1666、1679及1685年组织了三次较大规模的武装起义，均被残酷镇压。（译注）

※3 指18世纪。（译注）

※4 用爱丁堡慈善家、金匠乔治·赫里奥特（George Heriot，1563—1624）去世后留下的资金所创办的学校，始建于1628年，1659年开始招生，早期专门招收贫苦孤儿。

※5 每年2月22日庆祝童子军创始的节日。（译注）

接吻”和“绕过桑树丛”[※1]。因此只要那位逃跑者成功将自己藏在墓室里，他的老同学就能轻而易举地找机会给他送些吃的来。他可以安全地躲在这儿，等找到船再偷渡到国外。不过他的心脏也确实够强大，日日夜夜同那些死尸待在一块儿，还得担心警察千里迢迢对他穷追不舍。当一个人的灵魂已注定堕入地狱，无论多么奢华的坟墓都无法让他安息。墓门迟早会被开启，这时堕落者便会裹着令人厌恶的尸衣展现在人们面前。而要想叩开大法官的陵墓，让他抛头露面可真是个挑战，那需要超群的技艺。“血腥麦吭气[※2]，有胆儿就出来！”几个愣头愣脑的淘气鬼在大声嚷嚷。但乔治爵士正忙着呢，继续和大伙一块儿静静地躺着——这位著文大谈宽容的作家，正是那个毫不宽容地残杀这些同伴的帮凶。

“伤心之地”[※3]是墓园石碑上的一条铭文。想当年，

※1 “围圈接吻”游戏类似于“丢手绢儿”的追逐游戏，追上即要相互亲吻；“绕过桑树丛”是一种传统的唱歌游戏，所有人手拉手围成一圈，边唱边跳。（译注）

※2 原文为儿语语音Mackingie，即“麦肯齐”（Mackenzie）。（译注）

※3 原文为拉丁文*infelix campus*。（译注）

约翰逊博士[※1]只朝它挑剔地瞥了一眼，而在那些遭受麦肯齐迫害之人的记忆中，“伤心之地”注定是一片圣地。譬如这块平坦的石碑，它是满腔热情的人们当初签订盟约的地方。从教堂庭院一直延伸到劳里斯顿[※2]的亭廊里，拘禁着来自博斯韦尔桥[※3]的囚犯。五个月里他们的食物仅有面包和水，同时由警觉的射手严密看管，而等待他们的要么是被送上绞刑架，要么是被发配到种植园。处决在格拉斯广场执行，那令人心悸的军鼓声连在灰衣修士墓园里闲逛的人都能听到，将殉道者的声音完全淹没。除此以外，就在离乔治爵士最远端的角落里，竖立着一座纪念碑，上面刻着盟约派粗悍的诗文，以纪念此次纷争中的所有殉道

※1 约翰逊博士（Dr. Johnson），即塞缪尔·约翰逊（Samuel Johnson，1709—1784），英国著名文人，作家、文学评家、诗人、散文家，因以九年时间独力编纂《英文辞典》（A Dictionary of the English Language，1755）而获称“博士”。（译注）

※2 地处赫里奥特学校南面。（译注）

※3 1679年6月22日，苏格兰政府军与盟约派武装组织，在原拉纳克郡的博斯韦尔附近一座桥上展开激战，最终盟约派战败，约600人阵亡，1200余人被俘。（译注）

者。无论是在艾恩格雷[※1]或科尔莫内尔[※2]附近的大雪纷飞中被射杀的泽地人，还是奥克尼群岛[※3]的大海上溺亡的那两百人，或是美洲种植园里贫困交加、疲于奔命的盟约派奴隶，都在那座纪念碑上保有了他们的一席之地，要是恰好阴间的人们也喜欢听这些事儿，他们还可以夸口说自己和尤利乌斯·恺撒或法老们一样，在这个世界上拥有一座纪念碑。他们在何处安息，我不知道。风吹云散，必定尸骨遍野！然而，其中一些人——或者说，仅寥寥数人——最终找到了通往光荣之墓的路。读者若想了解，不妨来听听其中一人的叙述。此人曾是他们生前的同志及死后的辩护者。除部分有争议的问题和一些旁枝末节有所删减外，余下部分保留了帕特里克·沃克[※4]的原文：

※1　属苏格兰西南部的邓弗里斯－加洛韦行政区。（译注）

※2　属苏格兰西南部的南艾尔郡。（译注）

※3　苏格兰北方群岛，由70多个岛屿组成，首府为柯克沃尔，岛上保存有许多史前遗迹。（译注）

※4　帕特里克·沃克（Patrick Walker，1666—1745），苏格兰传记作家，其作品大多关注盟约派的人物事迹。（译注）

"永生难忘的詹姆斯·伦威克※1先生告诉我，他在利斯※2与爱丁堡之间的加洛里※3，亲眼见证了他们被公开处决，刽子手把全部五个人的脑袋统统敲碎，再砍下来，帕特里克·福尔曼※4的右手也被砍掉。他们的身体全都埋在绞架下面，而头连同帕特里克的手则挂在普雷桑斯街口※5的五根尖桩上。……伦威克先生告诉我那也是他第一次参与公共活动，他召集了几个同伴抬着这些被害人的尸体，送到爱丁堡的西区墓地，"——这一次不是灰衣修士墓园——"将其掩埋。他们在城里各处辗转。……再把这五颗人头和那只手取下来。走到普雷桑斯街天就快亮了，于

※1 詹姆斯·伦威克（James Renwick，1662—1688），苏格兰牧师，曾周游苏格兰各地布道，因拒绝宣誓效忠詹姆斯七世（英格兰詹姆斯二世），于1688年在格拉斯广场被处决，成为"最后一位盟约派殉道者"。（译注）

※2 爱丁堡北部地区，因地处利斯河口而得名，北临福斯湾，是爱丁堡的主要港口。（译注）

※3 位于今天爱丁堡的利斯大道（Leith Walk），意为"刑场"（the Gallowlee）。（译注）

※4 五名盟约派殉道者分别是：罗伯特·加诺克（Robert Garnock，约1660—1681），帕特里克·福尔曼（Patrick Forman），大卫·法里（David Farrie），詹姆斯·斯图尔特（James Stuart）和亚历山大·罗素（Alexander Russell）。（译注）

※5 地处爱丁堡老城区以南。普雷桑斯街曾是从南面进入爱丁堡的主干道。（译注）

是他们加快了脚步。来到城南的劳里斯顿花园时，天已大亮，他们不敢再往前走，也无法按原计划把这些人头和他们的身体埋在一起。只要有一个人被发现就全都死定了。同行的一个朋友叫亚历山大·特威迪，当时是这些花园的园丁，他最终决定，就把头埋在花园里（先用布包好后装在一个匣子里）。从1681年10月10日被处决，到1726年10月7日被发现，他们在那里躺了四十五年差三天。在这之前，那块地已多年无人打理，一次园丁在挖沟时发现了他们。当时他被吓了一跳，因为匣子已经腐烂。花园主人肖先生决定把他们取出来，放在了自家凉亭的桌子上。肖先生的母亲十分仁慈，她裁了一块亚麻布给他们盖上。他们在那儿放了十二天，所有人都可以去看。刚才提到的园丁亚历山大·特威迪临死时曾说，这个花园下面藏着一件宝贝，但不是金也不是银。他的儿子丹尼尔·特威迪带我来到花园，告诉我他父亲在上面种了一丛白玫瑰，又在一旁的花园里种了一丛红玫瑰，它们比花园里其他任何花草都更繁茂。……许多人来”——看这些人头——“只是出于好奇。不过令人欣慰的是其中不乏肃穆的善男信女，真诚关注我们殉道者的遗骸。我们其中六人决定在1726年10月19日将他们重新安葬，同时每个人要把日期和时间告知朋友们：星期三——大多数人被处决的日子，凌晨四点——大多数人去往他们安息地的时间。我们还决定为他们打造一口精致的黑色棺材，再找来四码长的上好亚麻布，就像之前那样。……就这样，我们准时开始了，把亚麻布对折一下，一半垫到下面。他们的下颌已经与头骨分开了，但因为都是年轻人，牙齿都还在。所有人都看见他们头上的窟窿，那是刽子手用铁锤敲破的。根据每个头骨的大小，我们把相匹配的下颌放回去，再拉起另一半亚麻布把它们盖上，最后拿些木屑把棺材填紧实。有人坚持要像革命时那样从城市的主要地段经过。但考虑到这样做显得轻浮而浅薄，不甚顺乎天意，我们没有同意，而自觉应严肃对待这既令人感怀又出人意料的、前所未有的上天安排。因此我们从原地出发，沿着往常人们送葬的路途前行，就是先顺着城墙根儿向东走，从布里斯托街口附近进入城内，沿路一直来到牛门街街头，再转进教堂墓地，然后把他们埋在殉道者的陵墓旁。我从未见过那么多人——男女老少、高官平民，全都聚集在这儿。”

就这样，那里最终成了“他们的安息之地”。只要人们担负起自己的使命，即便承受着莫大的误解，也会成为后世的楷模。无论他们是否安息在殉道者纪念碑旁，我们都确信他们自有天佑，总会找到一个平安的栖身之所。倘若我们如英雄蔑视死亡般面对死亡，那它便不再可怕。埋骨何处，无足道哉。尽管主教因信仰异端教义而被焚烧，但世人对他的怀念却能照亮心灵，让我们在墓园中安然漫步。因此在这片逝者的园地里，殉道者纪念碑是一个益于身心的好去处。当我们瞻仰它的时候，一股英勇浩然之气从脚下的大地向我们汇聚而来，长眠于地下的他们终于功成身退，用帕特里克·沃克的话说，已经“彻底退出了舞台”。

对新城区求全责备，和对老城区褒扬有加自然是一回事儿。这一地区已首当其冲地被名声赫赫的当局视为建筑风格的反面典型。关于这个话题可说的或许有很多，确实也已经说了不少。而在那些单纯的人看来，任何东西只要能让他们满意便是好的。对他们而言，爱丁堡新城不仅让人轻松愉悦，而且风景如画。有一位老船长，对关于崇高和美的原则一无所知，却曾经提出他最富文采的天堂概念：“爱丁堡新城，在和风吹拂下有如自由之地。”如今他已经去了另一个世界。在那里，所有优秀的水手都被赐予了歌词所描绘的好天气，或许他的思绪飘得还更远。我曾见过这座城还算壮丽的景象，也曾怀着伤感的心情同那位老水手握过手。然而那时确是风和日丽——湿润的空气由内陆山区飘散而来，花园谷中传来雄壮的军乐声，旗帜在王子街的宫殿上高高飘扬。的确，对于一个在奥克尼群岛备受挫折的人来说，还能历经怎样更加宜人的景象呢？这样的日子里，整个山谷笼罩在惊艳的节日气氛中。一切（我不知道该如何表达我的意思）仿佛有些不可思议。这就是巴黎应该成为的样子。这里风景优美，最适于漫不经心的户外消遣。它注定是谐歌剧[※1]中社会的理想呈现。可以想见，若不是气候怡人，所有上流社会人士怎会在傍晚的清凉中涌入这些花园，一边聆听着欢快的音乐，一边呷着可口的饮料，看着月亮从亚瑟王宝座背后徐徐升起，照在山谷间的教堂尖塔上、纪念碑上和苍翠的树梢上。哇！第二天一早，雨水泼溅在窗玻璃上，路上行人在迅疾的风暴来临前，沿着王子街纷纷散去。

※1　谐歌剧（comic opera），也称“喜歌剧”，是一种与正歌剧相对的歌剧种类。最早作为正歌剧的幕间剧出现，题材取自日常生活，音乐风格轻快幽默。17世纪末首先出现于意大利，18世纪盛行于欧洲各国，19世纪前半叶趋于衰落。（译注）

无可否认，初始设计方案并不完善，而且缺乏远见，未能充分发挥该地区的潜力。设计师是城市的笼中之鸟，根据他的布局，这座现代城市可以看到街景，而且也只能看到街景。乡村并未纳入他的规划，他甚至从未抬眼朝山区看一看。假如他当时的决定不是这样的话，北部山坡上的每一条街道或许就会变成风景壮丽的观景台，还能由此眺望更广阔的美景。但密密麻麻的建筑已将空地挤占殆尽，而许多房屋连朝向也都不对，就像那个手拿粪耙的人[※1]，专注于并不值得观察的事物，就这样以前后颠倒的姿态倨傲无礼地立在群楼之间。总的来说，很多时候只能从阁楼的窗口或者路口的几个地方，才能够远眺城外那番别样的景致。然而，当你在不经意间走到一个拐角处，前方一条一里多长的下坡路段便一览无余，远处是树林与别墅，还有一片蓝色的海湾，而更远处则是连绵的山冈，这番景象或许更加令人惊喜。

※1 英国作家约翰·班扬（John Bunyan，1628—1688）的小说《天路历程》中的人物："他从不仰望天空，只是手拿粪耙，埋头打扫地上的秽物。"（译注）

弗格森[※1]——我们爱丁堡的诗人，彭斯的榜样，有一次看见市集十字[※2]一只蝴蝶，于是他触景兴怀，创作了一首无足轻重的小颂诗。这位涂脂抹粉的乡下人、玫瑰园里的花花公子，竟能越过喧闹的街市看到如此的远方。你可以想见一个年轻诗人会提供怎样的道德教益。而此地的与众不同，从这一奇特的事件中便可见一斑。在其他任何一座城市都无法饱览如此遥远的乡间景致。若是没在路上遇见一只蝴蝶，那你就只好瞥一眼远方的树了。这里的景色如同变戏法一般。朝拱门下窥探一番，再沿着台阶往下走，仿佛陷落到一个地窖里。进入小巷有一间脏兮兮的屋子，转身来到后窗边——看哪！一片豁亮开阔的风景正展现在你面前。转过街角，太阳正没入高地的山峦中。顺着一条小路的方向望去，航船正朝着波罗的海抢风航行。

乡下人站在山顶俯瞰爱丁堡是一回事，城里人忙里偷闲，眺望一下乡野风光，却是另一回事。这不失为一种

※1 罗伯特·弗格森（Robert Fergusson，1750—1774），出生于爱丁堡的苏格兰诗人。（译注）

※2 苏格兰许多城镇常常在集市中心竖立十字雕塑，象征君主授予的权威。（译注）

对生活压力的缓解与释放。它可以激发有益的思考，让他回想起对大自然的漠不关心：在小跑着去上班的每一天，他都会留意到春天的绿色怎样在树林里焕发出光彩，田野怎样在移动的犁头下变成了黑色。哨声响起，车厢沉闷，视野狭窄，与之相关的事曾让我对人们纤弱的感官深感惋惜。你若能如人们在天堂里看见的那样去观察，你若拥有一双如想象中更优越种族的眼睛，你若能敏锐地注意到眼前几码甚至更远的事物——想想当你行走在爱丁堡的大街上时，这样游目骋怀的感觉多么惬意！或许你会在面临事业茫然时，在熙来攘往的城市中央驻足；或许正坐在山肩歇息的牧羊人也在看你，他的身后就是长满石楠的彭特兰丘陵；或许爬上榆树的小淘气会拨开树叶向你展示他那红彤彤的纯朴面容；或许，渔夫正操纵着舵柄在海面上疾驰，伴着风中桅帆的呼响，从安斯特[※1]与五月岛[※2]之间向你招手致意。

※1 即“安斯特拉瑟”（Anstruther），法夫东南海滨的一座小镇，与爱丁堡隔福斯湾相望。简称“安斯特”（Anst'er）。（译注）

※2 位于福斯湾东北方向，距苏格兰本岛约8公里。现属法夫行政区。（译注）

历史悠久与风景如画并非一回事，也丝毫不是因为老城长着一张怪异的面庞，才让新城看起来平淡无奇。实际上除了古宅，真不知有多少描述是可以用来共同形容二者的。同样陡然起伏的地面，几乎同样居高临下的地理位置，同样的社会阶层分化，这些在新旧两个城区都能看到。从东边通向王子街的道路跃过下卡尔顿山[※1]的峡谷，宽阔秀丽的道路两旁林立着旅馆和办公楼。将目光投向矮护墙的方向，就能径直看到连接利斯街的那条阴暗狼藉的道路，同样的高楼面朝着两条大道。这一建于地窖之上、从头顶上方掠过的地区只是新城的一部分。打个比方，这就像在它自己孩子们的头顶上方漫步，而这就是每座城市和人类的方式。而来到迪恩桥，你就可以见到更加新奇的景观了。河水穿过岩石，在田园之间深深的谷底流淌，两岸的山顶上挤满了现代城市中最宽阔的街道和半圆街区，一座壮观的桥梁将两山连接起来。每天下午，私家马车在这里纵横交错，女士们则带着名片盒往来穿梭，履行着自

※1　卡尔顿山西侧翠岭下的一段深谷。（译注）

己的社会职责。再往下还能看见一座小村庄，里面有磨坊和吐着水沫的河堰，这就是迪恩村。现代化改造的产物——高架桥横亘在头顶上方，拓展的城市安然如故，完整地跃过了闲适的当地人昔日的避暑胜地。每个城市在成长过程中都有小村庄的陪伴，曾经的爱丁堡也拥有不少，然而如今还能见到这样一个幸存者，而且就在你脚下几百英尺的地方，倒有些不同寻常。难道它是建在如今已被掩埋的赫库兰尼姆[※1]之上的托雷德尔格雷科[※2]吗？赫库兰尼姆最终消亡了，而阳光依旧照耀在迪恩村的屋顶之上，缭绕的炊烟依旧从烟囱里升腾而起。满身灰尘的磨坊工人来到门口，看看汩汩的流水，听听转轮的声响和棚屋旁的鸟鸣，或许再自己吹一声口哨，为这段交响乐锦上添花——对于全世界而言，仿佛爱丁堡依旧是城堡山上那个昔日的爱丁堡，而迪恩村依旧是隐匿在绿色乡间一里之遥的那个最宁静的小村庄。

※1　意大利古城，公元79年与庞贝和斯塔比亚一起因维苏威火山喷发而被湮没。（译注）

※2　位于意大利那不勒斯的一座城市，意大利语名意为“希腊塔”（Torre del Greco）。（译注）

不久以前，威严的大卫·休谟以身作则，从老城迁出，还把新家安在人们至今仍称之为圣大卫街※1的地方——一个玩笑被一直传下去真是奇怪。城区并不大，一个放假的学童离家半英里就可以捅到鸟窝。有的地方还透着记忆里那片耕地的气息。这头有人刚刚听到山楂树上有只乌鸫，那头有人在夏日黄昏被叫去品尝草莓和奶油。而就在你现在居住的地方，是一片波涛般起伏的麦田。一个爱丁堡男孩的回忆，对这座城市而言，只是零光片羽。我欣然回望着那一层层花园围墙，那一次次在鸟儿啁啾的丁香花丛中的信步漫游，那一次次在亦城亦乡的朦胧地带的发现之旅。我想对于我和我的伙伴们，每一次远足抵达昔日村庄的尽头时，每一次在大街和广场的缝隙间发现寥寥几座简朴的村舍时，总有一种特别的兴味、一种浪漫的感受、一种犹如异域旅行的情趣。一条隧道通往苏格兰大街火车站※2，列车在两个护卫的操纵下从漆黑的无底洞中飞

※1 位于圣安德鲁广场西侧，南端与王子街相连，据说是以大卫·休谟的名字命名。（译注）

※2 其旧址位于现在的爱丁堡苏格兰街北端。（译注）

驰而出。心里揣度着它有多长，想着高处那些笨重的高楼大厦和开阔的康庄大道。这一切，无疑在一个少年的脑海里留下了至深的印象。这是一条地下通道，尽管它位于一个更大的隧洞之中——比我们熟悉的安斯沃斯[※1]小说里描写的还要大，然而“地下通道”这个名称本身就具有无法抗拒的吸引力，似乎会带领我们在精神上更加接近那些我们爱戴的英雄，那些我们暗中渴望去仿效的恶棍。从王子西街花园登上古堡岩，将胜利之手拄上城墙，可以品味到一种颇具雅兴的浪漫。记忆中的乐趣仿佛豁然开朗，更多的风光和历险都一齐浮现在我的脑际。然而这其中却没有一样，给人留下的印象能与发现者的喜悦相提并论，与他对往昔、对自己在这个世界上缓慢变化的感悟相提并论。因此，我曾去探寻诸如坎农密尔斯[※2]和水巷[※3]这样的角

※1 威廉·哈里森·安斯沃斯（William Harrison Ainsworth，1805—1882），英国历史小说家。（译注）

※2 地处爱丁堡皇家植物园东南面的利斯河东岸。（译注）

※3 坎农密尔斯附近利斯河畔的一条小巷。（译注）

落，或者布劳顿市场※1上的那一小片村舍。这些地方与空旷的野外相比更具乡土气息，即便与高街那些最陈旧的楼房比起来也更具古朴之风。它们同弗格森的蝴蝶一样，也有种格格不入的古怪的气息，房屋的山墙和滋蔓的植物、屋外的台阶和磨坊的流水，都让它们看上去青涩单纯、朴实无华。一些角落里散发着像是乡村花园尽头的气味，每年四月我都在那儿度过。人们站在门口闲聊，或许他们在科林顿※2或克拉蒙※3就是这样的。

我们可能，也即将会让这令人难忘的乡土气息丧失殆尽。最后一棵榆树也在榆树街死去了，别墅和工人住宅区在城市边缘飞速扩张。我们可以砍伐树木，可以用毫无生机的铺路石将牧草掩埋，可以把抖擞的街道铺进困倦的居民区，我们还可能会忘记童年的故事以及曾经嬉戏的地方。但我们还有一些财富，即便是施工人员的躁怒和亢奋

※1　位于爱丁堡都柏林街北段东侧。（译注）

※2　爱丁堡西南近郊，距市中心6公里。（译注）

※3　阿蒙德河注入福斯湾河口处的一座海滨小村。（译注）

也不能将其彻底剥夺。除非自然的巨变将这座爱丁堡城堡颠覆，再将其中所有矫饰的建筑覆于尘土之下，否则没有什么能够铲除这些山岭。而只要我们的山岭与福斯河还在，我们就拥有留给孩子们的优秀遗产。比如那些巧夺天工的玻璃花窗（不用我们花一分钱）就是一道美丽的风景。当春天来临，山楂树开始绽放，牧场里散发出青草的味道，甚至在最熙攘的大街上，一名年轻人的眼睛都会被乡野山尖牢牢捕获，那颗心随即为着远行和纯净的空气跳动起来。

别墅区

我已多次听到罗斯金先生[※1]对爱丁堡新城提出过批评，我们努力筑就的一砖一瓦几乎都未能幸免。其实，不少地方在多数时候也并不失庄重与威严。还有一些地方，正如我曾说过的，其混乱的建筑风格反而给人一种恰到好处的感官刺激。然而提起我们最近兴建的别墅，坦白讲，我已经准备好要与罗斯金先生同涕而道了，而他针对此事的慷慨陈词与高谈雄辩，也一定会招来嫉妒。

※1 约翰·罗斯金（John Ruskin，1819—1900），英国作家及艺术批评家，著有《建筑的七盏明灯》《现代画家》系列和《艺术的政治经济》等。（译注）

新建的别墅——这令人生厌的新东西——与日俱增。这些可怕的建筑物犹如野草般肆意滋蔓，遍布纽因顿※1和莫宁赛德。本来轻松惬意的山坡为它们所累，每一幢都散漫地蹲在花园里，每一幢都被覆盖上了一层屋顶，犹如房屋举着一根根烟囱，再定睛一看才发现它们的本来面目。它们并非房屋，因其并非为人类的居住而设计，而且据我所知，其内部布局也极不符合人类居住的要求。它们也并非楼房，因为当每一处空间比例都严重失调时，你根本不能称其为建筑。它们不属于任何艺术风格，只属于一种令人遗憾的商业模式。

有些别墅的窗口与楼墙正面的尺寸都不成比例，难道竖立起这样一幢建筑物的成本就更低廉吗？把烟囱装错地方难道有利可图吗？与同样粗疏但大方得体的村舍比起来，建造一堆奇形怪状的东西能让劳碌又贪婪的施工者获利更多吗？坦率地说，并非如此。即便有考究的设计，施工过程中也会有偷工减料：用新伐的木材替代砖石，而把

※1　爱丁堡城南地区，距市中心约2公里。（译注）

烟囱置于何处与通风并不相关，完全取决于外观是否漂亮。然而有一种丑陋总显得冠冕堂皇，就像野心勃勃的路西法[※1]坠落阴间而丑态毕露。这些浮夸而艳俗的楼房，令人厌恶却不可轻觑，因为我们知道“傻瓜总是贸然闯入天使不敢涉足之地”[※2]。然而他们却力图造就平庸的别墅，让它丑陋不堪，一无是处；他们奋力取得最庸碌的成就，以致一败涂地，声名狼藉；他们唯利是图，蔑伦悖理，为超越竞争者不惜一切代价和手段：尔虞我诈、蔽美扬恶；他们所做的一切，全都必然地发生在不列颠最和睦的地区之一——这也算是一种荣耀吧，尽管不那么值得尊崇却也不可多得。除此之外，我们还能说什么呢？

劣质的楼房对生性敏感之人来说是一种折磨，可这些别墅让最淡定之人也深感厌恶。它对舒适的城市生活构成了威胁。建设浪潮沿着城市的边缘不断推进，简直大煞风景，我们必须走得比以往更远，才能呼吸到乡间的空气。

※1　即“明亮之星”或“堕落天使”。（译注）

※2　最早见于亚历山大・蒲柏（Alexander Pope，1688—1744）的诗作《论批评》。（译注）

倘若爱丁堡的全体居民是一个活生生的个体，它大概会像个巨人那样站起身来，将别墅区付之一炬，让夜晚变得恐怖而狰狞，而建筑工人和他们的同伙将被迫劳作，像昔日的犹太人那样，一手持泥铲，一手握防卫短刀。一旦有一座这些砖石构建的奇观圆满完工，正义的偶像破坏者便会降落其上，立刻宣告它的终结。

很可能这些话会被一两个建筑商看到。要求他们聘请一位建筑师是不可能的，因为那会微妙地扰乱他们的节奏，而其成败也在于他们打算邀请什么样的建筑师。然而，就让他们随便找个建筑师随便挑选一幢“比例协调、布局合理”的别墅（而不是他自己的设计），并以它为样本尽情地复制吧。

卡尔顿山

爱丁堡新城的东面由一座陡峭的山冈守护着，它海拔并不高，矗立在城区的环抱中。老伦敦路从一旁经过，与另一侧新修的道路一同将它环绕其间。顺着岩石开凿的阶梯向上攀登，会发现周围尽是林立的纪念性地标。杜格尔德·斯图尔特※1颇受礼遇，其纪念亭位置绝佳，建筑精美。较低的一个山隅上则是彭斯的缅怀之地。而纳尔逊※2，

※1　杜格尔德·斯图尔特（Dugald Stewart，1753—1828），苏格兰哲学家、数学家，曾任爱丁堡大学教授。（译注）

※2　霍雷肖·纳尔逊（Horatio Nelson，1758—1805），英国著名海军将领及军事家，在1805年击溃法国及西班牙联合舰队的特拉法加战役中中弹阵亡。（译注）

这位名副其实的水手，将自己的名字刻在了卡尔顿山最英勇的峰顶。这座稍晚竖立起的纪念碑，被形象地喻为望远镜和黄油桶。不仅如此，它也算得上最差劲的手工制品之一了。但最具特色的还要数那排未完工的石柱，人们叫它“现代废墟”，从四面八方都能一睹其壮观，甚至从海上眺望都会给人那样一种错觉。这排现代雅典石柱让爱丁堡饱受讥讽。原本是要将它建成一座国家纪念堂[※1]，而它目前的状态于这个国家的某些特征而言，确是一座名副其实的纪念堂。踞于山顶中央的是新旧两座天文台——旧天文台临山崖而建，一身古雅的棕褐色，而新天文台则是一座宏伟的古典穹顶建筑。这些纪念建筑物散落在绿色的草坪上，羊群徜徉其上，纵观大局。

眼前的画面让我陷入了沉思，想到名誉，想到对逝者不公平的待遇。看看杜格尔德·斯图尔特所获得的礼遇就比彭斯优厚得多。就在山下，修士门教堂墓地里躺着罗

※1　为纪念在拿破仑战争中阵亡的苏格兰士兵而建。以雅典帕特农神庙为蓝本，1826年开工建设，但由于资金短缺被迫于1829年停工。（译注）

伯特·弗格森。他是彭斯艺术上的导师，年纪轻轻就因精神失常而去世了。倘若人们对杜格尔德·斯图尔特过赞誉有加，那么这位爱丁堡诗人也将会被人遗忘，这是最不公正的待遇。彭斯的拥趸，在苏格兰各阶层中当属再普通不过的一群人，然而他们的团结却是出了名的。他们急切地掩饰并隐瞒所有提到这个家伙[※1]的地方，因为他曾是彭斯诗歌创作的传道人，直到彭斯成名时，其在风格和题材方面的影响还在延续。彭斯不仅在自传中对此有过零星的记述，承认这笔人情债，还为他在修士门教堂墓园的坟墓前竖立了一块墓碑。这么做可谓对得起艺术家的称号了，但一切都只是徒劳。关于彭斯的传记我几乎全都看过，但我不记得有哪一本未曾质疑过彭斯质朴的谦逊，要么就说弗格森为证明这位效仿者的原创精神而做出了自我牺牲。有一种愚妄的崇拜，总喜欢把莎士比亚与培根合二为一，将获得的那个更加强大的个体拿来膜拜。还有一类人，为了宣扬某个作家便要诋毁其他所有的作家。倘若这是为了取

※1　指罗伯特·弗格森。（译注）

悦伟大的原作，那他们确实错了。任何为弗格森匡谬正名之人，最佳的方式就是静下心来走进彭斯的回忆，他会是这些逝者之中最能给人带来快乐的一个。

若要饱览城市风光，卡尔顿山或许是绝佳之处。从这里你可以一睹身处其中时无法看到的城堡。同样，你也可以看到别样的亚瑟王宝座。在气候温和的夏季，每一天都风和日丽。而这样的日子最适合到这里来散散步。微风从海上吹来，带着些许此地特有的清新，透着一丝凉爽，让这些纪念碑，尤其是这些超凡入圣之人[※1]也心旷神怡。随风飘来一层薄雾，不知不觉中浓妆变淡抹，近前的景物依稀可见。远处的马瑟尔堡[※2]海湾处于上风口，那里雾气甚浓。从阿伯莱迪[※3]的沙丘到贝里克丘[※4]，再到巴斯岩礁[※5]，浓雾又变成了一团薄薄的海雾。

※1　指纪念碑的主人们。（译注）

※2　位于苏格兰东洛锡安西北海滨最西端，北临福斯湾，距爱丁堡市区约10公里。（译注）

※3　位于苏格兰东洛锡安西北海滨，北临福斯湾，距爱丁堡市区约27公里。（译注）。

※4　东洛锡安最北端城镇北贝里克的一座火山岩小山丘，高187米。（译注）

※5　位于北贝里克东北方约5公里的福斯湾内。（译注）

径直往下走便来到了卡尔顿山的南面，从这里可以鸟瞰皇家中学校园※1以及卡尔顿监狱※2的塔楼和庭院。新监狱规模很大，而它那城堡样式的建筑却颇显愚蠢。它孤零零地伫立在陡峭的悬崖边，常常被游客们欣喜地叫作“城堡”。从这里可以看到，一边是女囚们，像修女那样排成一排正在锻炼，一边是学校里的孩子们，正拖着自己的影子在奔跑嬉戏。山谷中矗立着一根巨大的烟囱，一直从谷底升至几乎与视线水平的高度，这是一座比纳尔逊纪念碑更加高耸，轮廓更为鲜明的宏伟建筑。向稍远处望去，那便是荷里路德宫了。可以看到哥特式的宫殿正面和损毁的修道院，身着红装的哨兵来回踱着矫健的步伐，从远处看仿佛一个机械装置。在经过宫殿内岗哨的途中，有一座尖顶小屋极为显眼，这里就是当年杀死里奇奥※3的凶手逃离

※1　始建于1128年，是苏格兰最古老的学校之一，位于牛门街东段以南。（译注）

※2　1914年被索顿监狱所取代，其主体建筑已于1930年被拆除。（译注）

※3　大卫·里奇奥（David Rizzo，约1533—1566），苏格兰女王玛丽的意大利籍私人秘书。女王的第二任丈夫达恩利勋爵（Lord Darnley，1545—1567）因嫉妒二人的友谊，纠集苏格兰新教贵族，当着玛丽的面将其杀害，据说身中56刀。（译注）

的地方，据传玛丽女王曾在这里用白葡萄酒沐浴以永葆青春。以慕斯恰特石冢[※1]到敦彼迪克斯[※2]一线为界，远处较高的山坡上散布着女王公园、圣玛格丽特湖以及延绵的索尔兹伯里峭壁。由此远眺，循着那土丘、石堆与陡坡的方向，便可见前方的亚瑟王宝座峰了，这是一座雄奇陡峻的山峰。再向右前方望去，老城中的屋顶和尖顶层檐叠影，一直伸向远方，堡垒巨大的身影和王冠般的棱堡剪影浮现在西边的天空中——此时大概是下午一点，太阳已上升到纳尔逊纪念碑的旗杆顶端，似乎近在咫尺。而在远处的城堡里，一声巨响过后，一缕硝烟从半月形的炮台内喷薄而出。这是报时的午炮，人们根据它来调整钟表，它的声响甚至传到了遥远的海岸边以及彭特兰丘陵的山区农场。若要尽览全景，还可以从这里纵深眺望车水马龙的王子街，而新城和老城之间的坡谷也同样一览无余——火车络绎不绝，北桥从铁路上方横跨而过，由鳞次栉比的桥墩支撑

※1　位于荷里路德公园东面芳草地的一个石堆，为纪念1720年10月17日发生在这里的一起杀妻案而筑。（译注）

※2　现为荷里路德公园西侧一处居民区。（译注）

着，旁边则是一片葱翠碧绿的树木和花园。

卡尔顿山的北面，山势并不陡峭，景致也稀松平常。即便如此，仍然能够一览远处美景。卡尔顿山与新城区之间隔着一条沟壑——翠岭，当年烧死巫师以及举行骑马比武活动的地方。就在这里，博思韦尔※1曾把他的马推下陡直的坡埂，从而吸引了玛丽那双明亮的眼睛。现在坡地上像是镶着马赛克一般，铺满了晾晒的被单和毯子，人们拍打地毯的声响不绝于耳。远处，城郊住宅区已延伸到利斯，它濒海而建，水面上帆樯林立，船只停泊在道路边。因奇基斯岛※2上的白色灯塔在阳光下赫然醒目。从费里※3港到五月岛，福斯湾两岸渐渐开阔。对岸即是法夫郡※4，一座座雾气缭绕的城镇沿海岸而居。隆起的山丘阻断了北望的视线，只能看到最远处的东方，天边的薄雾伏卧在开

※1 博思韦尔伯爵四世（4th Earl of Bothwell，约1534—1578），玛丽女王的第三任丈夫，本名詹姆士·赫本（James Hepburn）。（译注）

※2 位于利斯以北约4公里的福斯湾内。现属法夫行政区。（译注）

※3 地处利斯河入海口附近。（译注）

※4 原文为旧称Fifeshire，现为法夫行政区（Fife Council）。（译注）

阔的海面上。这里是通往挪威的海路，对于帕特里克·斯本士爵士[※1]与同行的苏格兰贵族而言，这是一条惨痛之路。顺着对面拉格丘[※2]附近雾气弥漫的方向，可以看到阿伯道尔[※3]，他们出海寻找苏格兰王后的起锚地。

遥遥无期，
妇可攸俟？
手执扇兮，
盼航归涘！[※4]

即使从内陆远眺，大海的样子也会让人想到风暴或海难。那些利斯水手的妻子们，以及来自科肯其[※5]的渔妇们，没

※1 苏格兰民谣《帕特里克·斯本斯爵士》（“Sir Patrick Spens”）中的主人公。故事中，帕特里克·斯本斯爵士是一位资深航海家，受苏格兰国王之命在冬季出航挪威为国王求亲，归航时船只遭遇海上风暴而沉没，所有人葬身大海。（译注）

※2 位于法夫东南海滨拉格村的一座小山丘，高290米。（译注）

※3 法夫西南海滨村庄，南临福斯湾，东距本泰兰约5公里。（译注）

※4 出自《帕特里克·斯本斯爵士》第20节。（译注）

※5 东洛锡安西北海滨城镇，北临福斯湾，位于马瑟尔堡与阿伯莱迪之间。（译注）

有手持扇子无精打采地坐着，而是裹着头巾翘首以盼地聚集在港口。而她们的等待或许是徒劳的，勇敢的苏格兰人再也不会回来，这些船只也是最后一次出海捕鱼。自帕特里克·斯本士爵士从阿伯道尔启航以来，已经有不计其数的生命沉入北海！远处是奥德哈姆[※1]，来自伦敦的渔船在此靠岸，这里还发生过劫掠者把戒指从女士手指上切下来的事情。离法夫岬几英里远的地方即是险象环生的因奇凯普[※2]，现已建成一座灯塔。东面背风的海岸，就是马克尔巴克特[※3]哀悼自己儿子的福法尔郡[※4]海岸。

这些就是对几个主要地方的大致勾勒。它们因地面的偏斜而备受偏顾，它们每一处都出类拔萃、与众不同，它们繁复的细节与交错的光影呈现出一幅生机盎然的画面。当你站在山顶，快速移动着脚步极目四望时，一切便盈盈在目，了然于胸。这样的景象富于万千变化，让人目

※1　北贝里克附近的一座小村庄。（译注）

※2　位于邓迪以东18公里海域的一座岛礁，整体被灯塔覆盖。（译注）

※3　司各特小说《古董家》中的人物。（译注）

※4　苏格兰安格斯行政区在18世纪至1928年间的旧称，首府为福法尔。（译注）

眩神迷，倘若只是全神贯注于一个方向，那又会令你心神不宁。树篱中的一棵树，或是乡间小路上的一辆车，都会让你顾盼不暇。再看这边的城区：住宅区里正在门前玩耍的孩子们，远远望去都变成了小矮人；隐约还能看到人潮涌动的大街。一排排烟囱连绵不断地向山下的方向铺展开去，低矮的屋顶仿佛汇成了一片平阔的海洋，海面上巍然峙立着华丽的教堂尖顶。家家户户的窗口与屋顶宛若繁星，你会看到在其中一扇窗边移动的身影，或在其中一个屋顶上攀爬的烟囱清洁工。一阵疾风袭来，炊烟随之消散。报时的钟声响起，远近高低，交相映衬。低飞的鸟儿掠过屋脊，就像海鸟拂过浪涛。此时此刻，你身处这田园般的山坡之上，周围是低头吃草的羊群，还有默默注视着你的纪念碑。

某个晴朗的夜晚故地重游，没有月亮的天空一片黑暗，空气中飘散着点点霜花，疏落的星星点缀着苍穹。面对这番美景，你一定会像看到阿尔卑斯山那白雪皑皑的山峰一样兴奋不已。这一刻，孤身独处似乎才最完美，唯一的邻居就是那位耐心的天文学家。他正仰卧在天文台圆顶下，窥探着宇宙的奥秘。然而你的周围还弥漫着从城市传来的嗡嗡声，无数人不合时宜的脚步声，车厢吱吱嘎嘎的震动声以及有轨机车的铃铛发出的持续而尖锐的叮当声。大约一个小时之前，煤气灯刚刚打开，点灯人将城市点亮，从厨房到阁楼，每家每户的窗牖都亮了起来，辉映在暮色之中。山坡上的城区在苍茫的暮色中虽略显黯淡，却有四面八方无数的光点映照在马路和高大的建筑物外墙上。桥上的路灯静静地伫立着，而桥下的铁路上，移动的车灯在穿梭往返。灯光照亮了监狱，照亮了高处耸峻的楼群与城堡塔楼，也照亮了低处的翠岭和女王公园。它们层层推进，一直延伸至漆黑的乡间，它们列队步入利斯，照进远端的利斯码头。因此，灯光在漆黑的大地上绘制出一幅城市及其近郊的平面图，就像一个孩子用针戳出一幅布满小孔的画，再将它放在蜡烛前观赏。即便是最晦暗的冬夜也无法掩盖她至高无上的地位以及这富于创造力的奇幻设计。她始终如一地为彰显自己的美丽，在每一个黄昏照亮自己。仿佛是为了完成这个计划——或者说，仿佛某位挥霍成性的法老即将抵达邻近的海域和乡村——远在通往法夫郡的中途，因奇基斯岛上建起了灯塔，而朝着远处大海的方向望去，五月岛上也有一座。

当你眺望城堡山时，号令卫戍部队集合的鼓号声开始响起，空气都随之颤动。号声嘹亮，而最后一支高昂的乐曲，如同一颗星，升上天空又消逝在黑暗里，伴着军乐队的这支“天鹅之歌”※1，一天的任务便圆满完成了。

※1　这里指军乐队一天中演奏的最后一支曲子。（译注）

王子街与卡尔顿山

冬季与新年

苏格兰方言里抱怨冬季寒风的说法极其丰富。“刺骨”“阴沉”“蜷缩”“萎靡”[※1]是其中最常用的字眼，让人一听到就禁不住哆嗦。而我每次看到它们跃然纸上，就会联想到从本泰兰[※2]和北部山区袭来的狂风在福斯湾上空肆虐，我几乎能听见风在烟囱里呼号。面朝北边，脸颊上只感觉到阵阵刺痛的亲吻。甚至许多地方的名字听起来也给人一种荒凉凄冷的感觉。我记得爱丁堡附近就有两

※1 原文为苏格兰方言*snell*、*blae*、*nirly*和*scowthering*。（译注）

※2 法夫西南海滨城镇，南临福斯湾。（译注）

处——考德哈姆和布洛威里[※1]，这名字注定了当地居民的生存环境多么令人绝望。恶劣的气候为苏格兰语言赋予了丰富的词汇，也在很大程度上塑造了其诗歌的气质。贫困的生活，加之北方恶劣的气候，让人们习惯于柴米油盐的生活，也懂得了家庭的温情。由于气候，这里的诗人以擅长喝烈酒而广受赞誉。在苏格兰，但凡是歌手都有那么一两句词，歌唱闪耀的火焰和烈性啤酒：避开外面的狂风钻进屋，喝一口温热的东西暖暖胃——这样的福利，在他们生活的地方就像是家常便饭！

并非只有在乡下——牧羊人必须整日跟着羊群，在雪地里蹒跚而行——人们才过着这样的生活，在爱丁堡市区也一样，咱们爱丁堡的诗人弗格森，在作品中对它的描述远胜过其他地方。他年轻且心思细腻，我想象着他曾在天寒地冻中不由自主地溜到客栈的壁炉旁。爱情与他无缘——即使你觉得有缘，就连彭斯的爱慕者中最三心二意

※1　地名字面意思分别为“寒冷的家”（Cauldhame），以及“不厌其烦地刮风”（Blaw-weary）。（译注）

的那一个还更高贵些，所以这个可怜的孩子，根本无法缓解那些充斥在他诗句中的狂欢情绪。尽管至今这在他的家乡尤为普遍，狂欢作乐也是年轻人的嗜好，但他这样的品性也使他的声望打了些折扣。他细致入微地记录晚宴上人们的客套与寒暄，对饮酒之事大加赞赏，好像那是一种美德或至少是机智的表现。无度的纵饮、客栈雅间里暧昧的气氛、律师书记员们的纵情狂欢，本身并不能为充实的生命提供任何营养。弗格森却在这一连串的低级趣味中无法自拔，这并非他的选择，而是身不由己。一名具有诗歌气质而无宗教热忱的苏格兰人，仿佛天生就喜欢造访小酒馆。这幅生活图景也许有些让人沮丧，但在这样的鬼天气里，还能干什么呢?

只有那些感同身受过这等摧残的人，才可称是深切地懂得了咱们爱丁堡冬季的愁云惨淡。刮东风的时节，到处一片荒凉，丑陋不堪，体格羸弱之人身体往往吃不消。风刮得人精疲力竭，阴郁的天空让他们意志消沉。他们走在路上常常得背过身躲避那黯淡的阳光，而此时太阳已渐渐沉入那驱之不散的茫茫白雾中。夜长昼短，人们靠着微弱的煤油灯光完成大部分的工作，当然还包括所有的娱乐活动。道路像荒置的耕地般泥泞难行，人们却照样拖泥带水地来来往往，我总是惊异于他们怎能毫不犹豫地脱去衣服。与此同时，寒风呼啸着穿城而过，仿佛掠过一片空旷的草地。假如你彻夜未眠，便会听到它在头顶惊声尖叫，胡言乱语，像极了船只沉没和房屋坍塌时的声响。总而言之，这触目惊心的生活有时会让人从心底变得脆弱，任何人只要一看见客栈，想到火光中温暖的书房，那感觉就如同一个长期与大海搏斗的人踏上了陆地。

随着严寒的霜冻天气趋于稳定，爱丁堡人的生存环境开始有所改善。我们享受着亚寒带绚美的日落景色，靛蓝色的城市天际线印在鲜绿色的天幕上。风依旧凛冽，但空气中却多了一丝清爽，让人精神振奋。人们看上去也不再个个颓然沮丧，他们分属两派：一派是脸色青紫的“骑士”，肚子虽大却空空如也，隆冬已经让他们命悬一线了；另一派用新年的食物抵御严寒，时时提防着外面的冷空气，于是赶紧回到屋内的炉火旁。我记得有这样一个人，裹了三层生羊毛衣，再低的气温下也无懈可击。他总笑着跟人打招呼："哦，这有人打喷嚏！"这些暖洋洋的家伙那副精神抖擞的样子，让蔫头耷脑的同乡们也颇受鼓舞。然而还有一群人，他们没有强健的体格，全靠勇气和乐观挺过寒冬。一天傍晚，霜冻的天气又值狂风大作，令人瑟瑟发抖。日落时分刚过，街灯的光晕在渐暗的暮色中一点点变大，只见一对小姑娘赤着双脚，迎着刺骨的寒风向东走来。其中一个大概九岁的样子，另一个顶多也只有七岁。她们衣衫单薄，凄楚可怜，而路面那么冰冷，难以想象有谁能够毫不畏缩地光着脚在上面走。可她们竟然踏着舞步走来，姐姐嘴里还哼唱着歌曲来给她们的舞蹈配乐。看到这一幕的那个人，在那一瞬间心里充满了苦涩，他当时颇感自责。这份自责也让他此后受益匪浅，而现在他怀着美好的愿望，再将其传递给他的读者。

终于，从爱丁堡到重重的山岭与平旷的乡野，变成了一幅银装素裹的景象。如果夜里下起了雪，保姆会把孩子们从床上拽起来，一块儿跑到视野开阔的窗边，观察着大地的脸颊上所发生的变化。"啊，山上都盖满了雪，"他们叫嚷着，"冬天真的来啦！"这片寂静和眼前白茫茫的雪景让孩子们惊叹不已，他们说出了最恰如其分的咒语，这就是冬天。积雪的反光让天空更显明亮，所有的物体看上去都更近了。彭特兰丘陵变得圆润而耀目，天然岩石砌筑的堤坝像一条条黑色缎带点缀其间，起风的时候，山间雪花纷飞，宛若云朵。福斯湾夹在粉妆玉砌的洛锡安与法夫郡之间，像一条铅灰色的溪流，似乎可以一跃而过。这番景象不像在其他城市那样没半天工夫便消失了。尽管街道上人来人往，很快就被踏成了黑色，但乡间依然洁白如新，那远在几英里之外的雪景也只要一抬头就能望见。整座城市弥漫在难以名状的畅快呼吸中，充实的心在胸中轻盈地跳动。这是新年的气象。

新年是一个隆重的民族节日，也是家庭聚会和欢宴畅饮的时节。由于加尔文教徒多舛的命运，周年纪念日有时恰好不在星期天，而让人伤心的是酒馆在这天都不开门，从各家各户到大街小巷全都噤声无语，听不见歌声甚至口哨声，连老态龙钟的醉汉也总感觉有人叫他去教堂做礼拜。像是有两个要效忠的国王似的，苏格兰人就这样被左拉右拽，他们必须断事以理，还得小心翼翼地在每周一次的仪式与周年庆典之间找到平衡。我的一个朋友，隔壁住了一群愉快的音乐家，他们即是以这种方式等待着娱乐时间的到来。朋友听见他们在周日晚上十点开始调整乐器，自由的时间临近，每个人便把乐谱打开，有人已把琴弓搭在弦上，有人踮着脚开始倒计时，有人已迫不及待准备演奏。最近的教堂尖塔刚刚敲响第十二下钟声，他们就已开启了一部尘世的华章。

所有家庭里最近都流行一种葡萄干小面包。临近新年的几个星期，糖果店里陈列着一大堆苏格兰黑面包，这种又硬又黑的东西对人体可不好。店里还一圈圈地摆放着奶油酥饼，上面点缀着果皮或糖果，是献给这个季节与亲情的题词，其中最受欢迎的有“来自老烟熏”“祝大家新年快乐”和“祝家中老人身体健康”。送货员常常要在崎岖狭窄的山路上经过半天的跋涉，才能到达蒂维厄戴尔[※1]，终于在一座农舍前驻足，或来到花楸树丛中的幽谷庄园。当收到包裹时，老人们眼里泛着泪花，感动地为城里那些

※1 地处爱丁堡皇家植物园南面的利斯河南岸。（译注）

素昧平生之人做着祈祷。在这个季节，灾难与冲突之年即将来临的当口，人们意识到有必要进一步团结起来，强大这关系链。他们心里筹算着自己有多少朋友，像是在缔结战前同盟似的。每到清晨，祈祷的队伍越来越长，而缺席者的名字将会收归上帝保管。

到了那天，店铺全都和星期天一样关门闭户，只有客栈、玩具店和一些假日商店还开着。大家都盼着收到节日贺礼。邮差与灯夫在他们辖区的每一栋房屋上都留下一首白话诗，一并表达了他们的诉求和感谢。在苏格兰，不乏以细腻的描写和丰沛的情感反映社会现实的诗作，其行文也颇具力量。城里随处可见放假的男孩子们急不可待地将手中硬币挥霍一空。可去之处不胜枚举，除了那些娇贵的上层人士，所有人都倾巢出动，挤满了大街小巷。四周传来举行圣礼时人们的问候，大家唱着“美好的往昔”，喝着威士忌，吃着黄油酥饼，这是新年的标准餐谱。初来乍到者一小时前见到那么多酩酊大醉的男人，还有些诧异，而这会儿刚过了晌午，连女人也不省人事了。在新年这一天，与不同社会阶层的人士一块儿开怀痛饮，和星期天去教堂一样，都是应尽的义务。有的人已经攒了大概一整月的酬劳，为的就是去角逐这份一年一度的荣誉。许多人衣兜里揣着瓶威士忌，遇着素不相识之人便上前劝酒，弄得泼泼洒洒，好不尴尬。千万别长时间地观察车夫，否则你会手足无措，上也不是下也不是。在水泄不通的街道上，必须谨慎驾驶。新年的信众有的独自一人，有的手挽着手，有的缄口不语，有的喧哗吵嚷，在大街上川流不息，摩肩接踵，时而还有人摔倒，仰面朝天地躺在地上。夜幕降临，许多人已上床休息，或者去了警察局，街道显得宽阔了不少。头戴假面以及新年第一步[※1]这类习俗，如今除了乡下已十分罕见。等到钟声敲响，有人在特隆教堂的围栏内宣布新年的到来，人们才开始在各自家中欢宴畅饮，城市也渐渐恢复了平静。然而，想想这一大堆高楼里，尽是空洞的鼾声、空虚的头脑和空空的口袋！

对于上了年纪的人来说，爱丁堡大学曾是他们打雪仗的战场。他们打得声势浩大，其中一次竟演变成了暴乱，

※1　新年午夜后由高个子黑头发的男性第一个进入家门，被认为可以带来好运。（译注）

甚至动用了军队，这次暴乱也因此被载入史册。可我担心这个伟大的时代即将终结。甚至在我上大学那个年代，人们已开始变得小家子气。溜冰和滑雪现在越来越受青睐，而冰壶这一苏格兰民族的天才创造也不大可能被摒弃。既然吃苏格兰黑面包是爱国的体现，那么扔冰壶也不该排除在外。爱丁堡又长又陡的马路最适于滑雪，淘气的孩子们可以一路兴高采烈地滑着去上学；差役的工作也变成了假日娱乐。至于溜冰，很少有城市愿意慷慨提供场所。位于亚瑟王宝座南面峭壁下的达丁斯顿湖，夏日里一片蔚蓝，不时从芦苇丛中游出一群天鹅，到了冬季它便成了一块天然溜冰场，与卧在绿色海岬上的乡村教堂连成一体，村舍的炊烟从浓密的树林间升起。教堂门前是一座历史悠久的监狱，有罪之人的苦修之处，附近有一块时代久远的上马石，人高马大的地主和农夫们就踩着它爬上马鞍。这里也是普雷斯顿潘斯战役[※1]前查理王子过夜的地方，布罗迪会

※1　查尔斯（即“查理王子”）为恢复斯图亚特家族的王位，发动了1745事变，在高地氏族和詹姆斯党支持下，于9月21日在爱丁堡附近的普雷斯顿潘斯打败苏格兰唯一的政府军。（译注）

长或者他的团伙，在切瑟尔宅邸盗窃案之前曾从这儿偷走了一把犁刀。湖对岸的高处是克雷格米勒城堡，它与斯图亚特[※1]的崇拜者颇有渊源。到了夏天，爬上亚瑟王宝座，达丁斯顿湖的景色很值得一看。不过找一天时间到这儿来溜溜冰更值得一试。人们挤在冰面上轻快地滑行，优雅地前倾着身体，动作千姿百态。人群时而散开时而聚拢，如流水般穿梭着。在半英里之外就能听见冰刀摩擦冰面的声响。夜幕降临，一个个身影渐渐融入暮色之中，来来往往的黑影最后糅作一团，在湖面上缓缓蠕动。没过一会儿，亮起了一支火把，火光迅速划过冰面，画出一道黄颜色的光。接着，火把悉数点亮，点点跳跃的火光弥漫在整个湖面上。

※1　即苏格兰女王玛丽·斯图亚特。（译注）

漫步
彭特兰丘陵

爱丁堡市区东、西、北三面临坡而望，地势渐缓，北与大海相连，东有哈丁顿肥沃的农田，向西则是林立斯戈的矿区。唯有南面依山，不断攀升的丘陵居高临下，不仅超越了城堡的高度，就连亚瑟王宝座也相形见绌。四周风光独具：稀稀拉拉的灌木丛、高低错落的石墙；林木蔚然可观，欣欣向荣，但往往有着北方树种的习性，茁壮却树叶稀疏；处处河流密布，埃斯克河、利斯河、阿蒙德河一路风尘仆仆，在峡谷间蜿蜒流淌；几乎从每一个角度都能一瞥远处的大海与层层山峦。然而，这里的风光虽这般多姿多彩，大部分景致却并不出奇，只有南部连绵的群峰和广阔的视野，才能彰显它的卓尔不群。

从巴勒缪尔黑德（弗洛登战役[※1]前苏格兰军队的营地）开始，道路顺着漫长的山坡向下延伸，到了两山之间的山脚，有一个税卡。通过税卡，一片空旷的原野随即展现在眼前。就在我写下这些词句的同时，这里的一切在世事变迁中依然是一副古老而陈旧的模样。凿子在一排新建的房屋上叮当作响。这些盖房子的人曾跨过关卡去外面的世界冒险，因此一度受人尊敬。现在他们像一群脱缰的小马驹，在这清新的牧场里继续自己的事业。当年比肯斯菲尔德勋爵[※2]提出要绞死一名建筑师，以杀鸡儆猴，如今有人看到这一片片在劫难逃的草地，便想如法炮制来威吓这些盖房子的人。看来要想保护哪怕一小块绿野免遭破坏，终须一场公开的较量。就在这里，过去立着一副绞架，上面用铁链吊着两具尸体，周围乌鸦环伺。我小时候曾见过

※1　发生在1513年9月9日英格兰北部诺森伯兰郡的一场战役。苏格兰国王詹姆斯四世率军入侵英格兰，被萨里伯爵领导的英格兰军击败，詹姆斯四世战死。（译注）

※2　即第一代比肯斯菲尔德伯爵（1st Earl of Beaconsfield，1804—1881），本名本杰明·迪斯雷利（Benjamin Disraeli），英国保守党政治家、作家，曾两次担任英国首相。（译注）

路中间有块平板石，是用来固定绞架的。喜欢凭空想象的人不仅自己相信，还竭力说服别人相信这块石头在日夜低泣，他们肯定还要继续解释说，因为这两人只是偷了四便士。

继续前行，经过一条大约两英里的上坡路、一段夏日中漫长炎热的跋涉，便来到费尔迈尔黑德税卡附近的山顶，四条道路在此会合。此地的确名副其实※1，微风拂面，令人心旷神怡。山谷对面，群山近在眼前。柯克耶顿山崖上，秃露着数条笔直细长的岩壁，从遥远的法夫都能看见。从此处看阿勒缪尔最为高峻，树林和耕地一直顺着山坡向上攀延。桥拱随着山势在无尽的峡谷间、陡坡上起伏，周围散落着斑驳的石楠和蕨草。高处山丘弥漫着纯净的空气，而丘陵植被则散发出阵阵山野的芬芳，整个山林笼罩在清新怡人的气氛里，而在税卡附近竟能听见杓鹬呼唤同伴的声音。到了迁徙的季节，海鸥便要离开那浪花四溅的海岬，海鸟同山雀全都聚集在费尔迈尔黑德附近，一

※1 该地名意为“方圆一英里天气怡人的山头”。（译注）

同觅食，一同啁啾鸣唱。这些长着翅膀的野物在空中交错盘旋，海鸟掠过树梢，在田野里的犁沟间“渔食”。只要在自己的天地里翱翔，这些小小的飞行物便无拘无束。它们和水手一样，靠岸时只要能填饱肚子就心满意足了。

低处是一条小溪，虹桥从溪上跨过。这地方有个乳牛场，而以前曾是一家威士忌酒厂。故事发生在上世纪[※1]，酒厂老板与一位来访的估税员私交甚笃。估税员性情随和，是个友善之人，热衷于交游宴饮之乐。他时不时便要徒步从爱丁堡出发，来检查一下酒厂的库存情况。他倒是很乐意可以借工作之便去探望朋友，但不幸的是他的朋友可能会因为他的屡屡到访而日益亏损。一如往常，估税员爬到费尔迈尔黑德附近，从兜儿里掏出他出行必带的长笛，将它组装好便英姿飒爽地吹起来，仿佛是面对美景有感而发，自娱自乐。“翻越重山的远方”[※2]大概是他最喜欢的曲目。第一个音符响起，酒厂老板就竖起了耳朵——这是

※1　指17世纪。（译注）

※2　一首传统英文歌曲，最早出现于17世纪，至今有多个版本传唱。（译注）

费尔迈尔黑德的笛声？这是“翻越重山的远方”？一定是他那友善的敌人——估税员来了。即刻备马，将一桶桶威士忌一股脑儿装上马车，向希尔角飞驰而去，把酒埋在柯克耶顿北面苔草丛生的峡谷里。而与此同时，不出所料，厨房里正烹制着肥禽美味，里屋的餐厅也用最干净的桌布布置一新。吹完长笛过完了瘾的估税员没过一会儿便信步而至，一副天真无辜的模样。他发现虹桥上的伙伴们对他的到来完全始料未及，不过仍然很高兴见到他。老板的酒与估税员的长笛凑在一块儿，往往能促进消化。到微醺之时，二人再次以一曲“翻越重山的远方”，伴随着相互心照不宣的眼神，结束了当天的晚宴。无论如何，现实中确有这样一个关于私运货物的故事，充满了几近田园般的淳朴色彩。

由虹桥往前不远，右边的空地上竖立着的一块石头，乡民都叫它“凯将军纪念碑”※1。据他们说，远在某个混沌的史前时期，一位叫凯的军官战殁于此。这个日期倒挺

※1 一座高约2.7米的纪念石碑。一说它是皮克特人与罗马人的战争遗址，另一种说法认为它可能是新石器时代举行宗教仪式的场所。（译注）

可靠，因为我估计严谨的作家们都不曾对这位将军的英雄事迹有过记述。然而这块石头却与某种独特的土地制度有关，而自封建社会以来，形形色色的土地制度就一直残存延续至今。每当有统治者途经此地，土地所有者就爬到石柱顶上，手拿小号，极尽自己的音乐本领吹奏一首嘹亮的乐曲。所幸对一个名门望族而言，国王或女王在彭特兰丘陵并没有什么大的产业。但这个故事却给这块石头平添了几分滑稽的色彩，让路过的人有时也忍俊不禁。

迷信之人尤为珍视这一地区。曾经在附近可米斯顿的后门，有个赶路的马车夫见着一位由此经过的女士，她身着白衣，“脚穿一双炫丽生辉的鞋子”，恶狠狠地瞅了他一眼便无影无踪了。正前方就是猎人幽谷，原来是一家路边客栈，不久前刚刚有魔鬼亲临。本地居民曾因为撒旦的到来而生活在水深火热之中。他哀号的声音震撼着楼房的每一个角落，他敲打着门窗，在三更半夜将杯盘碟盏翻个底朝天，在屋顶上跳着亵渎神明的舞蹈。人们使出浑身解数调用所有的灵魂净化剂；上帝选择的牧师们也已经从爱丁堡召集而来，持续不停地做着祷告；虔诚的邻居整夜未眠，吟诵着圣歌，喧声四起。然而撒旦却对这一切熟视无睹，他只关心山顶吹过的风。为恶多年之后，他才转而关注其余的人类，猎人幽谷终于恢复了平静。正是因为凯将军和那位白衣女士，还有这次诡异的灾难，街坊四邻为太阳神话的缔造者们贡献了一流的设施。故事里的人倘若全然罔顾驱魔派作家的劝诫，那就只能时时处处风声鹤唳，虚惊自扰了，“那样的夜晚”总会让他的欢乐时光戛然而止，正如彭斯所说——

“那样的夜晚连吃奶孩子也懂事
他知道魔鬼正在把人吃。”※1

要是他们带上圣经，通宵达旦坐在荒凉的山坡上，声音颤抖地唱着赞美诗，这时肯定能听见世上最恐怖的鬼泣神号。夜风敲打着大门，在屋顶上朝他们手舞足蹈，越过山

※1 出自彭斯的长诗“汤姆·奥桑特”（“Tam o' Shanter”），王佐良译（《彭斯诗选》，人民文学出版社1985年版第166页）。（译注）

棱发出的阵阵号叫笼罩着村舍，如同审判日来临一般。

继续下行穿过一个山谷，开始朝彭特兰丘陵的主峰攀登。一幢白色的农舍置身于古树的环绕中。不远处的幽谷中烟雾升腾，微风拂过，层层树叶如水波般荡漾。抬头仰望，笔直的山峰耸入云霄。周围传来一阵嘈杂声，大约是放羊出圈的时候，羊群在咩咩地叫着。夏日的清晨，天刚蒙蒙亮，犬吠之声或牧羊人的吆喝声便把你叫醒了。这里是斯旺斯顿，村子就藏在背后看不见的地方。

这片谷地与城市直接相连。很久以前，这片世外桃源因为有丰富的泉眼与水潭而被一位爱丁堡的地方官所收购。他们建好房子，铺好管道之后突然发现，这地方很适合开发为政府官员郊游地。有了这个构想，地方官随即开始筹措资金。计划很快就实现了，爱丁堡也很快有了一个可以夸口的市政娱乐场所。山谷被改造成花园，平原与山谷之间阻挡着海风的山丘上，盖起了一幢能瞭望群山的农舍。他们带来了当年修缮圣贾尔斯教堂时遗留下来的卷叶式凸雕和动物造型的漏嘴，把它们布置在山墙、门楣上，以及花园周边。而他们当时采集建筑材料的采石场，则种满了铁线莲和玫瑰花，犹如覆盖着一张华丽的地毯。如此大动干戈，只为赏心悦目。而为了满足物质享受的需求，他们又在山中筑造了一个宽敞的地下室，室内用大块儿的粗凿毛石垒筑。随着时间的推移，树木渐渐长高，绿荫遮蔽着山丘上的农舍，各种常青树也发荣滋长，山谷变成了密林。在这里，这些位高权重的官员终于如释重负，将城市生活中的追名逐利抛诸脑后。他们戴着三角帽在花园里信步漫游，在冬青树丛中往来穿行，手持权杖一边走一边在地上比画着，像是在书写某种密码符号。到了晚上，高处山岭上的牧羊人透过茂密的树叶望去，一扇扇窗通明透亮，远远还传来这些城里来的显贵们高歌欢唱的声音。

斯旺斯顿农场则更为古老，起初它是怀特柯克修道院的田庄，红衣修士在此耕作居住。宗教改革之后，田庄转给了一户虔诚的清教徒人家。在盟约派动乱时期，彭特兰山上举行了一次骑士宗教集会※1，农场夜不闭户，热情迎

※1　查理二世复辟后，苏格兰盟约派在山区秘密集会布道，遭到残酷迫害，导致1666年的武装反抗。盟约派最终在彭特兰山区被击溃，史称“彭特兰起义”。（译注）

接着前往的人们。奶酪和燕麦饼、牛奶与白兰地塞满了橱柜。做礼拜的人们抓紧仪式的间歇从山上接踵而至，就像参加现代舞会的伴侣在两支舞曲的间歇来到餐厅。在1745年事变[※1]中，查理王子军队中劫掠成性的高地人在拂晓时分突袭了斯旺斯顿。已故农场主的曾祖父当年还是孩子，睡梦中床上的毯子突然被人扯掉，方才猝然惊醒。直到年迈时，他还记得那些人凶悍的长相以及满口的污言秽语。乳牛场的搅拌桶里盛满了奶油，他们就欣喜若狂地拿它制作麦片粥。“这可是上好的麦片粥。”其中一人说。最后他们终于逃跑了，离开时像骆驼一样肩扛背驮着掠夺而来的赃物。斯旺斯顿农场也自那时起偏离了历史的轨迹，而我也不知道它将何去何从。阴霾的日子里，云雾笼罩着山冈，屋子里阴郁的气氛令人黯然。而到了炎炎七月，花园则是你能想到的最完美的去处。园中曲径通幽，散布着鲜艳的旧式花圃，花园尽头有一座微缩的山谷，谷中藤蔓攀

※1　为恢复斯图亚特家族的王位，1745年7月23日，查尔斯（即“查理王子”）登陆苏格兰埃里斯凯，在高地氏族和詹姆斯党支持下进攻爱丁堡，并取得节节胜利，直到1746年4月16日的卡洛登沼泽战役，查尔斯战败并流亡国外。（译注）

结，绿苔如茵，瀑布叮咚作响，茂密的树叶遮天蔽日。

背后的小村庄却毫不起眼，仅有寥寥几座农舍伫立在小溪边的草地上。一些人家（苏格兰的一件怪事儿）整洁的室内布置已成为人们效仿的榜样。床铺用拼缀的布料做装饰，橱柜里整齐地陈列着垂柳图案的盘子，地板和桌面用刷子或白色管土收拾得光亮如新，家里唯一的水壶更是擦得锃亮如银。这是残留于乡间的遗迹，映射出一个知足而恬淡的旧时代，这里没有奇闻逸事，没有灯红酒绿，家中之事即是一门艺术。每天傍晚，屋内灯火闪烁，熠熠生辉，这时女主人正双手交叉凝视着她刚刚完成的画作。屋外风雪肆虐，而她待在自己的家里，也就躲进了温馨的港湾。城市远在千里之外，不过附近就是鲍先生[※1]创作爱丁堡远景画的取景地（这幅画也收入了本集，只要看看这幅蚀刻插图[※2]，就会发现它近在咫尺）。然而这里的山与这里的人也并不是能轻易改变的。假如你在夏季的某个星期

※1　塞缪尔·鲍（Samuel Bough，1822—1878），出生于英格兰的风景画画家，其绘画生涯大部分都在苏格兰度过。（译注）

※2　本书初版插图之一。

天来这儿散步，牧羊人很可能会让他的狗来咬你。这时一定要镇定。这些牧羊犬在准备攻击的时候看上去很可怕，但其实并无恶意，而且只是先朝你汪汪叫几声，然后就趴在你身边的草地上，对主人的使唤也充耳不闻。

柯克耶顿是整座山脉的东北支，彭特兰丘陵由此向南面和西面不断延伸。站在山顶远眺，广袤无垠的平原缓缓伸向大海，远山形态各异，变幻莫测。法夫与皮布尔斯的山丘、兰默缪尔与奥希尔丘陵磅礴起伏，远影如黛。回望彭特兰丘陵，石楠丛生的群峰间镶嵌着一汪波光粼粼的池水，而山的那一边却是一片荒芜，仿佛看到了加洛韦※1或阿普尔克罗斯※2。向北瞭望如同一次旅行。远处的低地上矗立着爱丁堡的身影，晴朗的日子里也雾霭重重，周边城镇向四面延绵数英里。朦胧中隐约可见屹立在城市中央的古堡，而不远处，亚瑟王宝座却赫然醒目。环顾四周，一片片耕地与一丛丛树林、一座座烟雾缭绕的村庄和一条

※1　苏格兰的一个行政区，属邓弗里斯—加洛韦行政区。（译注）

※2　苏格兰西海岸的一个半岛，属高地行政区。（译注）

条白色的乡间道路，在崎岖的大地上错落起伏。出城的火车沿着铁路缓慢爬行，小船在福斯湾里迂回前进。巨大的云朵遮天蔽日，阴影随风移动，似乎足以将整个教区吞没。山风吹拂着树林和玉米地，泛起层层波浪，涌动着阵阵变幻的色彩。此时不妨席地而坐，就像朱庇特坐在奥林匹斯山上那样，远远地俯瞰着人间的生活。此刻的城市如同一座空城般寂静：站在山顶，没有一丝说话声或脚步声从嘈杂的大街上传到你的耳朵里。海上的浪花、庄稼汉的呼唤、潺潺的小溪与磨坊里的水轮，伴着鸟鸣和风声，合奏出一支生机勃勃的协奏曲，在平原上空回荡；田野间鸡鸣犬吠之声此起彼伏。站在这座“奥林匹斯山”上侧耳聆听，除了火车低回的嗫嚅，整个世界陷入了一片岑寂，忙碌的城市和乡村都变得安静了。叽叽喳喳的山雀、咩咩叫的羊群、在枯草间低吟的微风，仿佛都不愿打扰这份宁静，而只是默默相伴。但这一切对虔诚的灵魂来说，他听到的是一曲为昔日的人们和田园而作的音乐，是一席对人类命运的沉思之言。塔楼林立的宜居之城、海上的航船、阡陌纵横的沃野、低头吃草的牛羊，以及那井然有序的公路，这一切都在绘声绘色地讲述着人类创造的充满活力而舒适的生活。或许今日的你是那样木讷愚钝，对身边的事物那样漠不关心，但只要你置身于这景色中，一股力量就会让你精神焕发，并神采奕奕地投入劳作中。

正下方就是费尔迈尔黑德，能看见屋顶以及冒着烟的烟囱，两条和细绳差不多粗的道路在一丛树林旁边交会。不知你是否还记得前面那个故事里的估税员，这位老先生呼吸着山上清爽的空气，先是手口配合，用他的风笛吹奏出了清晰的音符，然后又高唱起他喜爱的歌词。一想起他，思绪就会被带到“翻越重山的远方”那路途迢迢的旷野。从这里看到的爱丁堡不再是那个矗立在一隅之地上的城市，此时你若是一位俯视地球的主宰者，将会看到整个欧洲以及深邃的大海都环绕着她。因为每个可到之处，都是世界的中心，道路由此通达四方，航船由此驶向彼岸。教区的边界并不比帝国的疆界更虚幻，一个人坐在自己的书房里秉笔疾书，一座城市便因此声名远播，她的面貌便为人所知。不论走到哪儿，中国或是秘鲁，爱丁堡人总会带上那些无法抹去的记忆——心中生动的画面——城堡峭壁上的落日余晖、那些雪景或是错落交织的街灯，在辛劳工作的间歇欣然回味一番。假如他们有缘遇到这本书，即可看到更多家乡的写生了；假如他们还能认出自己曾经住过的房子、曾经走过的街道，将会感受到些许温情。

译后记

张寅找到我说要译这本书时，确实给了我不小的惊奇。

惊奇他试译段子中辞采华美的笔锋，惊奇他作为英文教师不露声色的低调，也惊奇他偏偏挑了这本《爱丁堡笔记》，让我有幸在与他将本书付诸出版时，又拾起关于那里的一点一滴。

这是一本将爱丁堡讲述得酣畅淋漓的书——史蒂文森生于爱丁堡，毕业于爱丁堡大学法律系，一生为肺病所扰，周游各地养病，却无时无刻不牵挂着故乡。本书是他致礼故乡的作品，而专论爱丁堡的也仅此一部。正如一句评论，“在史蒂文森献给故土动人的书中，浪漫与罪恶并肩而行”。他的书似一幅带着理想色彩的地图，随着历史之线索，徐徐铺开各个区域的面貌、逸事，又有如寄向故土的信，毫无美化矫饰，字里行间都是未尽的念想。作者之博闻广识，让书本饱含思想灵光与珠玑之语。

而对译者而言，翻译一名律师出身的作家复杂的句子结构、差异细微的词汇，加上频繁穿插其中的苏格兰方言，并不是手到擒来的易事。从三月末到今日出版之时，张寅在这本书上耗费了大量心血。一部分在于查实相对冷僻的史料与短语，一部分在于还原作者细腻的手笔与情感。为了不折损书的真实性，他在考察史实方面极为严谨，一个人名要来回核实几次；编书期间的批注，其实大多是想法，他却一一作答，有些回答其周详细致实在令人赞叹不已。在遣词造句上，更可谓辞趣翩翩又妥当切中，读来像是一位极熟悉作者之友人的悉心笔耕。尊重最终结出了值得信赖的果实。

将这样一本译作推向出版，无疑是极具价值的。不仅重在怡情理性的层面，还重在于这个随着人际关系、道德伦理与物质环境变迁而来的故乡观念瓦解的时代，重新挖掘“人”与“故乡”的关系，远行者与记忆中老城烟雾、钟摆嘀嗒与渐次点亮的街灯的关系。沈从文曾写道：“现在还有许多人生活在那个城里，我却常常生活在那个小城过去给我的印象里。”在故乡逐渐消失的年代，有多少人如史蒂文森于爱丁堡、乔伊斯于都柏林一样终生游离，又有多少人能如他们一样，愿意驻足稍许，诚挚地向自己心灵深处张望。生命厚重的根基不该因流动性而弱化，在他的笔端，我们将看到很多似曾相识的事例、身影与情感，也将更加领会到故乡的意义——它远远不止文人骚客的一缕闲愁。

离开桃花纷飞的爱丁堡也已有年头了，而与张寅的合作让我再次感受到它的力量。对于广大读者而言，纸上的风景间可嗅到生活的气息，相信更多的人都会如史蒂文森所述，被乡野山间牢牢捕获年轻的眼睛，心随即为着远行和纯净的空气跳动。感谢译言在编译过程中的帮助，限于时间和条件，对于本书中的缺漏，不当之处，殷切期望读者与译界同仁不吝赐教，以便不断补正，日臻完善。

郭欣

2013年10月